異世界転生騒動記
6
高見梁川
Takami Ryousen
ILLUSTRATION：りりんら

目次
CONTENTS

異世界転生騒動記 6

高見梁川
Takami Ryousen

ILLUSTRATION：りりんら

主な登場人物
Main Characters
マゴット・コルネリアス
「銀光」と呼ばれるバルドの母。先の戦争で活躍した最強の傭兵。
バルド・アントリム・コルネリアス
本編の主人公。雅晴と左内の魂を有する。初陣で十倍の敵大軍を打ち破った。
セリーナ
サバラン商会の女会頭。かつてバルドに命を救われた。

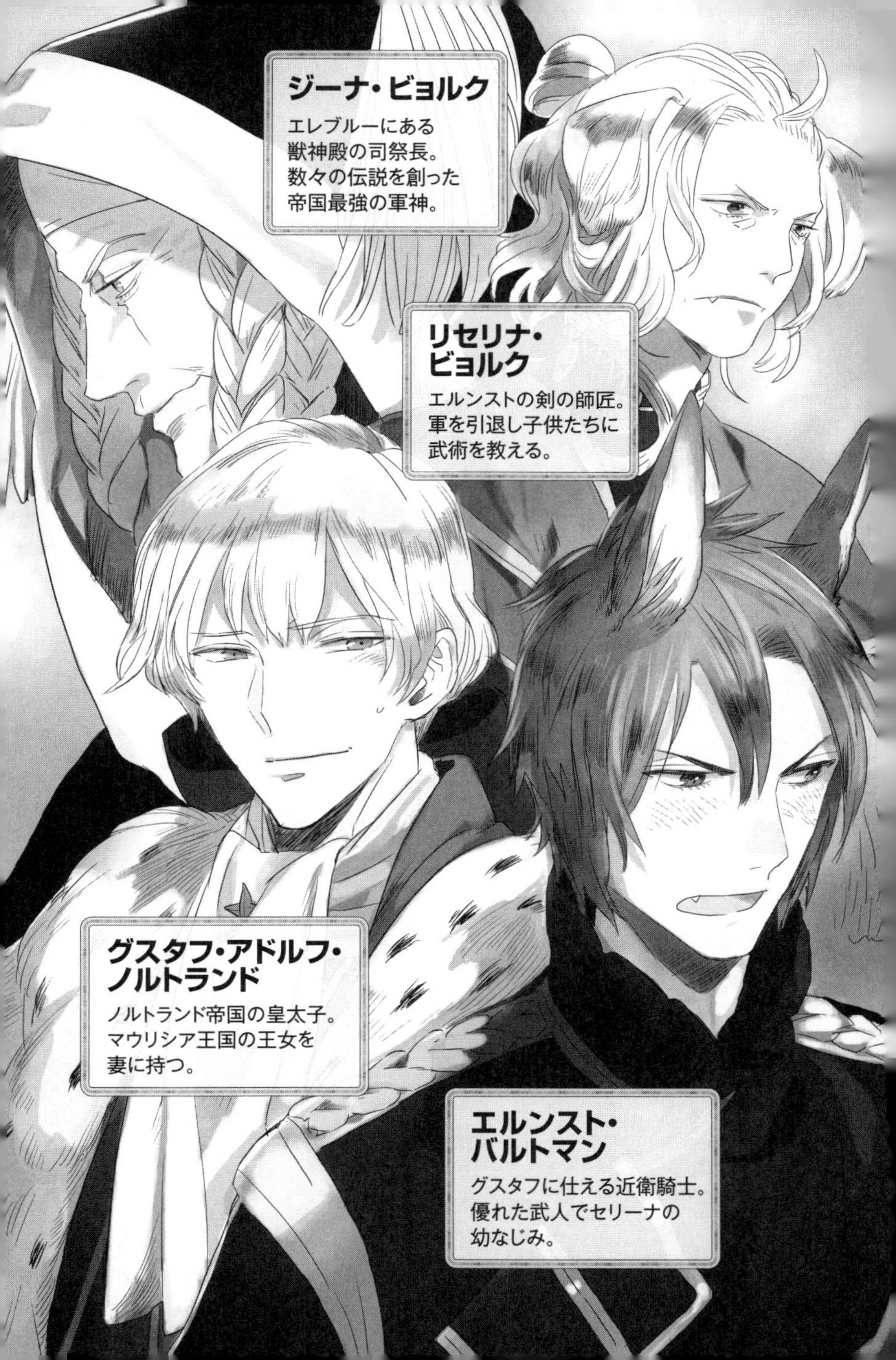
ジーナ・ビョルク
エレブルーにある
獣神殿の司祭長。
数々の伝説を創った
帝国最強の軍神。
リセリナ・
ビョルク
エルンストの剣の師匠。
軍を引退し子供たちに
武術を教える。
グスタフ・アドルフ・
ノルトランド
ノルトランド帝国の皇太子。
マウリシア王国の王女を
妻に持つ。
エルンスト・
バルトマン
グスタフに仕える近衛騎士。
優れた武人でセリーナの
幼なじみ。

アウレリア大陸北部中央
帝都マジソン
レフトアース金山
バージル川
タルファラ川
ヘルシングボリ渓谷
ノルトランド帝国
エレブルー
マッキナス川
モールテナス山脈
パニウス大湿原
マウリシア王国

第一章

新しい命

熾烈《しれつ》を極めたハウレリア王国軍との決戦に、ついに勝利したアントリム陣営は沸《わ》きに沸いていた。

しかし、歓声に応《こた》えるべきアントリム子爵《ししゃく》バルドの姿は、その中にはなかった。

身重《みおも》の身体で奮戦した母マゴットが、勝利に気が緩んだのか倒れ込み、そのまま産気《さんけ》づいてしまったのだ。

まさかの緊急事態にバルドは大いにうろたえた。

バルドの前世、岡雅晴《おかまさはる》のチート知識にも、出産に関する詳しい情報はない。精々が殺菌などの衛《えい》生《せい》知識程度である。

「ささささ、産婆《さんば》さん、産婆さんを呼ばないと！」

「ででても、住民は疎開《そかい》させたからここにはいないだろう？」

「そそ、そうだった！　どうしよう！」

シルクという娘がいるランドルフ侯爵《こうしゃく》アルフォードでさえ、混乱のあまり右往左往《うおうさおう》して全く役に立たなかった。いつの世も、お産に関して役に立つ男は医者だけなのだ。

ところが不幸なことに、同行した軍医にも出産に立ち会った経験のある者はいなかった。通常、彼らの職務は負傷した軍人の手当てなのだから、それもやむを得ないだろう。

果たして本当にこれが戦場の英雄なのか、と疑いたくなるほどうろたえながら、バルドたちはガウェイン城へと急行した。

「どうしたらいいんだ？　どうしたら……」

つい先刻までの堂々たる武者ぶりが嘘のように取り乱したバルドを、マゴットは盛大に怒鳴りつけた。

「目障《めざわ》りだからうろちょろするんじゃないよっ！　おい、嫁《よめ》！」

「はいっ！」

咄嗟《とっさ》に返事をしてしまったセイルーンなど女性陣のなかに、ちゃっかりシルクも交《ま》じっていたのはここだけの秘密である。

「予行演習だと思って手伝いな！　男どもはとっとと出ていくんだよ！　それから湯を沸《わ》かして清《せい》潔《けつ》な布も用意しな！」

「了解っ！」

まさに神速の名に相応《ふさわ》しい速さで城の外へと飛び出していったバルドを見て、部下のブルックスは、絶対に理解していないな、と思った。

――案の定。

「フレイムボム！」

井戸めがけて魔法を放ったかと思うと、釣瓶《つるべ》を落として沸騰した湯を盥《たらい》へと汲《く》み上げる。両手に盥を抱えたバルドは、マゴットのもとへ猛スピードで引き返した。

そして運の悪いことに、マゴットが身体をしめつけない分娩服《ぶんべんふく》に着替えているところに戻ってきてしまったのである。

「お湯を持ってきました！　母さん」

「男は出て行けといったろうが、あほんだらっ！」

破水《はすい》して出産間近な女性とは思われぬ早業《はやわざ》で、バルドの急所とみぞおち、そして人中《じんちゅう》への三連撃が見事に決まった。

「……す、すげえ……」

ブルックスが思わず股間《こかん》を押さえて後ずさるほどの、電光石火《でんこうせっか》の連撃。

たとえどんなことがあろうとも、マゴットを怒らせることだけはやめようと心に誓うブルックスだった。

「この馬鹿を片づけて、お湯をどんどん持ってきな！　セイルーン、あんたが窓口になって男どもを勝手に入らせるんじゃないよ！」

「は、はいいいいっ！」

号令一下《ごうれいいっか》、女性陣は声もなく悶絶《もんぜつ》したままのバルドを無情にも部屋から追い出し、未来の義母《はは》に忠誠を誓う兵《つわもの》と化した。

いつの世も女たちの連帯に、男は立ち入ることなどできないのだ。

「あんたたちの義弟《おとうと》か義妹《いもうと》になるかもしれないんだ。腹の底から気合いを入れな！」

「義弟……」

「義妹……」

アガサを除く三人、セイルーン、セリーナ、シルクは末っ子か一人娘であるため、下の弟妹《きょうだい》がいない。

生まれて初めての弟妹、しかもそれがバルドの弟妹でもあることを意識して、テンションが上がってしまったとて誰が責《せ》められよう。

「がんばりますっ！」


「い、妹の顔を見るまでは……」

「もういいっ！　お前はよく頑張《がんば》ったからもう休んでいろ！」

なぜか妹が生まれることを確信してうめくバルドと、彼の安否を気遣《きづか》うブルックスはとりあえず無視されていた。


マゴットが高齢であるためか、それとも身重で戦場に立つという常軌《じょうき》を逸《いっ》した無茶が祟《たた》ったのか、出産は予想以上の難産となった。

一刻も早く専門家である医師と産婆を連れてこようと、疎開先へ騎士の一隊が馬を飛ばしたが、どんなに急いでも優に一日半はかかる。

素人《しろうと》のセイルーンたちには、難産の理由がマゴットの身体の問題なのか、それとも逆子《さかご》など子供のほうの問題なのか判断がつかなかった。

「ど、どうしよう……」

「お、お義母さま！　何かできることがあったら遠慮《えんりょ》なくおっしゃってください！」

女同士にしか理解できない出産という大事業にあって、マゴットと嫁たちは奇妙な連帯感を共有しつつあった。

「バルドのときも一晩中かかったもんさ。銀光マゴットともあろうものが、このくらい耐えられないわきゃあない」

脂汗《あぶらあせ》を流しながらもニヤリと笑うマゴットに、セイルーンたちは世代を超えた尊敬の念を抱くのだった。

額《ひたい》の汗をセリーナに拭《ふ》いてもらい、マゴットは目を閉じた。

正直なところを言えば、バルドの時より遥《はる》かに事態は深刻である。

母親だけが持つ直感で、おそらく赤子は双子だろうとマゴットは睨《にら》んでいた。

そのどちらかが逆子だとか、あるいはへその緒《お》に絡まるなどの問題があるのではないか？

時間の経過とともに衰《おとろ》えの見える自分の体力を考えると、体内の子供の体力も限界が近いのではないか？

そのような不安が頭をよぎり、マゴットは本当は震える思いなのである。

（死なせたくない……死なせてたまるものか！）

表現の方法は別として、マゴットは人並み外れて母性に厚い性格だった。しかもおそらくは人生最後の出産であり、何より愛するイグニスとの間の子供である。

自分の命に代えても必ず子供を助けてみせる。

誰にも告げることなく、マゴットは自分にしかできない戦いへの覚悟を決めた。

出産に大量のお湯が必要とされるのは、産まれたての赤ん坊を産湯《うぶゆ》につけるためだけではなく、道具や産婆の手を清潔《せいけつ》に保つためでもある。

危うく天国の扉を開きそうになっていたバルドだが、意識を取り戻すと再び、猛然《もうぜん》と湯を沸かす作業に取り掛かった。

「フレイムボム！　フレイムボム！　フレイムボム！」

あまりに大量に作りすぎて、使う前に冷めてしまう有様であったが、バルドは動かずにはいられなかった。

ただ待つしかない身にとっては、何か少しでも仕事をしていないと、無為に耐えられない気持ちが襲ってくるのだ。

バルドですらそうなのだから、親であるイグニスやマゴットの憔悴《しょうすい》はいかばかりであろうか。

ようやくにして、親の気持ちが少しわかった気がしたバルドであった。

「無事に……無事に産まれてきてくれよ！」

不眠不休のまま朝を迎えてもなお、マゴットのお産は続いていた。

さすがに体力の低下を懸念《けねん》した軍医が治癒魔法の使用を提案したが、マゴットは頑《がん》として男たちを寄せ付けなかった。

確かに魔力による体力の補完はマゴット自身の得意技である。しかし、限界を超える戦いで魔力はほぼ底を突いているはず。

今にして思えば、普段から肌の露出《ろしゅつ》が少ない母であった。まさか他人に肌をさらすのが嫌、とかそんな乙女《おとめ》な理由があるのか？

そこまで考えて、バルドは悪寒《おかん》を覚え、ブルブルと激しく頭《かぶり》を振った。

今はそんなことよりも、マゴットと胎児《たいじ》の安否《あんぴ》が気遣われる。

事と次第によってはマゴットに殺されようとも、軍医に診察してもらう必要があるかもしれなかった。

そのときである。

「マゴットオオオオオオオオオオオオオオオ！」

聞き慣れたただ一人の番《つがい》の声を、マゴットが聞き逃すはずもなかった。

「どうやら無茶をしたようだね……（来てくれてうれしい！　愛してるイグニス！）」

呆れた風を装いながらも、どうにも我慢できずに口元が緩《ゆる》みきっている。

まさにここぞというタイミングで、全身を汗に濡らし、背中に気絶した産婆を担《かつ》いだイグニスが到着したのだった。

ここで話は、マゴットがアントリムへとバルド救援に向かった日まで遡《さかのぼ》る。

マゴットを止めようとして意識がなくなるほどボコられたイグニスが回復するまで、実に一昼夜の時間が必要であった。

しかも治癒師による必死の介護が必要であったというから、マゴットよ。お前は加減というものを知らないのか、と突っ込みたくなる。

しかし意識が回復したイグニスはそんなことに頓着《とんちゃく》しなかった。

戦況とマゴットの行動について報告を受け、もはやコルネリアスの危機は去ったと判断し、単身マゴットを追ったのである。

この際、今度はイグニスを止めようとした部下が数人、薙《な》ぎ倒されたという。

マゴットの後を追って全力で北上するイグニスが、産婆を迎えに馬を走らせるアントリム騎士の一隊に出会ったのは奇跡的な偶然だった。

「俺が走ったほうがお前らより早い」

「ええっ？　ちょ……あんたは平気でもこっちの身がもたな……ぎゃあああああ！」

不幸中の幸いは、イグニスの背中におぶわれた産婆が、早い段階で気絶したことであろうか。

「――マゴット！」

他の男は論外だが、ただ一人イグニスだけはマゴットに近づくことを許されていた。

戸口の前で仁王立《におうだ》ちしていたセイルーンも、コルネリアス家に長年仕《つか》えたメイドとして、当然そのことは承知していた。

「……ああ……イグニス。きっと来てくれると信じてたわ」

「全く心配ばかりさせる――もう大丈夫だから可愛い子を産んでくれ」

汗で湿ったマゴットの銀髪を、愛おしそうにイグニスは撫《な》で上げた。

「汚い手で触《さわ》るんじゃないよ！　母親と子を殺す気かい！」

つい先ほどまで気絶していたというのに、耳が張り裂けそうなほどの大音声で、アントリムでは有名な産婆サンドラが怒号《どごう》した。

「このあたしが来たからにゃ、万が一にも子供を死なしゃしないよ！　あんたも亭主《ていしゅ》の前なんだから格好つけなぁ！」

「あ、ああ……」

この迫力にはさすがのマゴットも、相槌《あいづち》を打つのが精いっぱいであった。

先日サバラン商会から紹介された女性医師に、負けずとも劣らない。

「亭主はとっとと出てって、まずは身体を洗ってくるんだね！　そんな汗臭い身体じゃ子供は抱かせないよ！」

「わ、わかった！」

所詮イグニスは素人で、マゴットも出産経験は一度だけ。

一方、サンドラが生涯に取り上げてきた赤ん坊の数は千を超えるのである。

いかに戦場では鬼神のような二人であっても、この出産という戦いではサンドラの敵ではなかった。

「あんたらが誰か知らないが、ここはあたしの生きる場所だ。黙って言うことを聞きな！　必ず子供と対面させてやる」

結果的にサンドラは大言《たいげん》を守った。

それからおよそ四時間後、マゴットは見事に双子を産み落としたのである。

しかし双子の一人は首にへその緒が巻きついており、その呼吸は浅く、心臓の鼓動《こどう》は聞き取れないほどに小さかった。

「――良かった。私にも母親としてやれることが残っていたね」

マゴットは産まれてきてくれた子供を見て愛おしそうに微笑《ほほえ》むと、残された魔力を根こそぎかき集めた。

「活性《リバイタライズ》」

魔力で細胞を活性化させて、全身の生命力を高めるマゴットの魔法をかけられた赤ん坊の呼吸が、穏やかで規則正しいものに変わった。

「ありがとうマゴット。とてもかわいい男の子と女の子だ」

「イグニス――ずっと考えていた名前があるんだけど……」

遠い昔のつらい記憶を思い出すように、瞳を虚空《こくう》に向けてマゴットは続けた。

「ナイジェルとマルグリットと名付けたいんだ――いいかな?」

何もかもが幻《まぼろし》であると知らずにいたころの自分と、二度と会えない人の名前をマゴットは望んだ。

マルグリットと呼ばれていたかつての自分。

そして、家族同然で兄とも慕《した》う存在だったナイジェル。

もしも運命の悪戯《いたずら》がなければ、二人は幸福に生きることができたと信じたい。

イグニスは言葉には出さず、マゴットが胸に秘めた哀《かな》しい記憶を丸ごと呑《の》み込んだ。

「いい名前だ――必ず幸せにしよう」

「うん……うん……!」

嗚咽《おえつ》しながら、マゴットはイグニスの胸に額《ひたい》を寄せる。

「夫婦仲が良いのはいいことだけど、あんたら早く子供も抱いてあげなよ?」

サンドラに揶揄《やゆ》されると、マゴットは恥ずかしそうに顔を赤らめて、産まれたばかりの子供を受け取った。

髪の色は男の子がイグニスに似た茶髪で、女の子がマゴット譲りの銀髪をしていた。

バルドの時にも感じたことだが、子供たちの容姿に自分の遺伝子が受け継がれていることを確認すると、胸が締め付けられるような愛しさが込み上げる。

ギュッと握り込んでいる小さな手に指を差し入れると、まるで母とのスキンシップを喜ぶかのように男の子がキャッキャと笑った。

「――あなたたちは仲のいい兄妹になるのよ？」

「きっとなるさ。私と君の子なのだから」

この子たちは絶対に大人の都合で不幸になることがないように。

身重でありながらバルドを助けるため、マゴットが飛び出した理由もそこにある。

たとえどんなに強大な権力の横暴《おうぼう》があろうとも、我が子の命だけはただの一槍を振るって救い出す。

それが若き日にいくつもの戦場を渡り歩き、誰にも真似のできない人外の武を身につけた銀光マゴットの誇りであった。

なぜならそれは、幼い日の自分が叶《かな》えられなかった誓いだから。

「私にも義弟《おとうと》と義妹《いもうと》が！」

「うう……良かった……ほんま良かったわああ」

「おめでたいですわ」

「……素敵ね」


いろいろと邪《よこしま》な思惑が混じっていた気もするが、セイルーン、セリーナ、アガサ、そしてシルクも、イグニスとマゴットの愛情の深さを見せつけられて感動に瞳を潤《うる》ませていた。

もちろん夫婦の姿に、自分とバルドの姿を重ね合わせた妄想《もうそう》をしてのことである。

（いつか私たちも……！）


「うふふふ……」

「ぐへへ……」

「ほほほほほ……」

「……ぽっ」


――ゾクリ。

「なんだかとても背筋が寒いんだが……ただの風邪《かぜ》だよね？」

こめかみからタラリと冷や汗を流すバルドに、呆れたようにブルックスは答える。

「頼むから、これ以上フラグを立てないでくれ」


第二次アントリム戦役《せんえき》——後《のち》の世に伝説として語り継がれることになる一連の戦闘は、ランドルフ侯爵の援軍が到着したことでほぼ終了した。

ハウレリア王国軍は辺境《へんきょう》の一子爵にすぎないバルドに完敗を喫《きっ》して敗走。

全軍の三割以上を失う大敗の責任を取って、国王ルイは王都に戻ると同時に退位を宣言し、その王位を和平派であったモンフォール公ジャンに譲位《じょうい》する。

納得いかないのは、国王ルイに賛同し出兵した貴族たちであった。

領地経営に支障《ししょう》をきたすほどの大損害を受けながら報償《ほうしょう》もなく、さらに今後国政を牛耳《ぎゅうじ》るのはこれまで反主流派であった和平派なのである。

これで大人しく納得するほうがどうかしていた。

「我々はいったい何のために戦ったのだ！」

もちろんそれは、身内の復讐《ふくしゅう》とマウリシアの肥沃《ひよく》な大地を欲したからだったのだが、彼らの言い分としては、国王の命令に従い忠誠を尽くした結果でもある。

しかし国内最右翼であり、もっとも強大な戦力を保持していたセルヴィー侯爵家が文字通り潰滅《かいめつ》したこともあって、力で対抗するのは難しかった。

強硬《きょうこう》派の盟主となったのは、ルイの従兄弟《いとこ》に当たるノルマンディー公クロヴィスである。

ハウレリア王国の軍事力はまだまだマウリシアに優越しており、侵攻することはできなくとも防衛力に不足はないというのが彼の主張であった。

新たに即位した国王ジャンの和平交渉は、かなりハウレリアに屈辱的《くつじょくてき》な内容となることが予想されていた。

事実、ジャンは国境地帯の割譲《かつじょう》や賠償金の支払いなど、ハウレリア王国の政治的独立を保つためにあらゆる譲歩を考慮《こうりょ》するつもりであった。

長年に及ぶ重税、そして徴兵《ちょうへい》された民兵の損害。

苦しみが長く、期待するものも大きかっただけ、裏切られた民衆の反感も大きかった。

ハウレリア王国全土で反政府機運が高まり、この機に乗じ周辺諸国、特にハウレリア王国の南東に位置するケネストラード王国が食指を伸ばそうとしていた。

後ろ盾を得たと思い込んだ頭の軽い国内貴族が、武装蜂起《ほうき》を決意しかけたそのときである。

現国王ジャンの政策に反対した先国王ルイが、隠居《いんきょ》先のシュビーズに反国王派勢力を集めて反乱を企《くわだ》てた。

「余《よ》はこのような屈辱的な和平のために、ジャンに譲位したのではない」

敗戦の責任を取り、退位したときには誰も引き止めなかった貴族たちであるが、神輿《みこし》が現れたとばかりにたちまちシュビーズに参集する。

国王ジャンに反旗を翻《ひるがえ》そうとしていた彼らも、正面から国王と戦えば勝ち目は薄いと感じていたのだ。

新政府の中枢《ちゅうすう》から排除された貴族を中心にシュビーズに会盟《かいめい》に訪れた貴族の数は、実に二十三家を数えた。これはハウレリア王国の上流貴族の、およそ六分の一に当たる。

まだ政権基盤《きばん》が安定していないジャンにとって、これらの貴族の反乱は致命傷《ちめいしょう》となる可能性が高かった。

集まった貴族たちに、ルイが機嫌《きげん》よく手ずからワインをついで回ると、否が応にも彼らの士気は高まった。

「諸君、卿《けい》らの献身まことにうれしく思う。これは嘘いつわりのない余の本心だ」

宴《えん》もたけなわになったころ、ルイは涙ながらにそう言った。

あれほどの無様な敗戦を喫《きっ》した自分の旗を仰ごうとしてくれる。たとえそこに利害関係があろうとも、その事実がルイにとっては慰《なぐさ》めとなっていた。

「余は愚《おろ》かな王であった。許せとは言わん。だが王であるからこそ王の役割は果たさねばならぬ。すまんが卿らの命、余にくれ！」

「おおっ！　我が命、我が君《きみ》に捧《ささ》げます！」

その言葉が形式的なものであると判断した貴族たちは、口ぐちにルイに対する忠誠を叫んだ。

しかしルイの言葉は決して比喩《ひゆ》的な表現ではなく、文字通りに彼らの命を要求していたのである。

「ぐほおおっ！」

喉に熱い物が込み上げてきて、彼らは見栄《みえ》も外聞《がいぶん》もなく嘔吐《おうと》した。

そして吐しゃ物とともに、見間違いようもない真っ赤な鮮血が溢れていることに気づいて愕然《がくぜん》とする。

「い、医師を……早く医師を呼んでくれ！」

口から血泡をまき散らしながら、すがるような思いで彼らは叫んだ。

このままでは死を免《まぬが》れない。本能的に彼らは自分を襲う激痛の正体を察していた。

豪奢《ごうしゃ》を極めた料理の数々が鮮血に染まり、血だまりの中で男たちが痙攣《けいれん》してのたうちまわる様子はまさに地獄絵図《じごくえず》である。

そんななかでただ一人、平然と彼らを睥睨《へいげい》して佇《たたず》む男がいた。

静かに涙を流しながら、この地獄絵図を決して忘れまいと睨みつけるその男は、誰あろうルイその人にほかならない。

ようやくにして貴族たちは、この地獄を演出した者が誰であるかを知った。

「――何故だ？　私たちは陛下のために！」

「あれほど殺しておきながら、まだ足りないのか？　この殺戮王《さつりくおう》め……」

「いやだ！　死にたくない！　何でもするから助けてくれえええ！」

「――あの世についたら余《よ》を八つ裂きにでもなんでもするがよい。余は拒《こば》まぬ。逆らわぬ。こんな無様《ぶざま》な方法しか王国を救う手を見つけられぬ無能な王ゆえな」

最初からルイに反乱を起こすつもりなどなかった。

今ハウレリア王国が内戦に突入すれば、間違いなく諸外国の介入を招く。

国際的な政治バランスからして一国が独占することは不可能であるから、マウリシア、ケネストラード、モルネア、ケルティアス、ガルトレイク各国が分割占領する可能性が最も高い。

マウリシアと敵対する関係上、モルネアやガルトレイクとは友好関係を保ってきたが、隣国だけに甘い蜜《みつ》を吸わせて指を咥《くわ》えて黙っている国があるとは、ルイは思えなかった。

ゆえに――反乱の芽《め》は根絶しなくてはならない。

そしてその憎悪《ぞうお》を向けられるべきは、ジャンであってはならないのだ。

「こんなことが許されると思うな……貴様の名は……未来永劫《えいごう》……卑怯者《ひきょうもの》として……」

怨念《おんねん》が込められたクロヴィスの最後の言葉は、それ以上続かなかった。

無念の表情を張りつけたままクロヴィスは絶命する。

最終的に参集した全ての貴族が死に絶えるまで、半刻近い時間が必要であった。

「国を滅ぼす汚名に比べたら、卑怯者ぐらい何ほどのこともないさ」

当然の結果として、当主を殺された反国王派は怒り狂った。

味方してやろうとわざわざ足を運んで出向いたら、皆殺しにされたのである。これで怒らないほうがどうかしているであろう。

ところがそのころ、ルイはすでにジャンによって謀反《むほん》の疑いで逮捕されており、彼らが復讐しようにも手を出しようがなかった。

「余の命と引き換えに戦争を諦めさせ、国王に忠誠を誓わせろ。さすれば少なくとも五年程度は大人しくしているだろう」

「どうしてあなたがそこまでしなくてはならないんですっ!」

身も蓋《ふた》もないルイの言葉にジャンは思わず激昂《げきこう》した。

ジャンにとって、ルイは一度は忠誠を誓った主君である。

退位させたのも、残る人生を平穏に送ってほしいと思ったからこそだ。こんな自殺紛《まが》いのことをさせるつもりでは断じてなかった。

「――この国を頼む、ジャン。余を少しでも思ってくれるなら、余を亡国《ぼうこく》の王にだけはしないでくれ」

大陸でも有数の軍事国家だったはずのハウレリア王国は、今や各国からとんだ張子《はりこ》の虎だと思われている。

たかが一子爵に完敗したのだから、それも無理からぬ話だろう。相手が弱いと見れば嵩《かさ》にかかってくるのが国際政治というものである。

一刻も早くマウリシア王国との和平をまとめなければ、ハウレリア王国は各国の草刈り場と化してしまう。

ただ、老獪《ろうかい》なマウリシアの狸《たぬき》、国王ウェルキンがそれを望むはずがないことを、ルイは確信していた。

「先んじて余の首を送りつければ、それほど無理難題をふっかけてはくるまい。ウェルキンにとっても、ハウレリアに友好的な政権が出来ることは歓迎すべきことのはずだからな」

サンファン王国との同盟にも見られるように、ウェルキンの視線はトリストヴィーに向いている。民の気質的に統治の難しいハウレリアを占領する気がないのは、ほとんど追撃らしい追撃を受けなかったことでも明らかであった。

淡々と己の命を捨てると語るルイに、ジャンは声を上げて嗚咽した。

「つらい役目を押しつけるが――すまん」

三日後、恭順《きょうじゅん》してきた反国王派貴族が見守る中、前国王ルイは王都エリーゼの中央広場で、斬首《ざんしゅ》の刑を執行された。

密蝋漬《みつろうづけ》にされたルイの首は最終的にウェルキンのもとに送り届けられ、ウェルキンは宿敵の変わり果てた姿にしばし言葉もなかったという。

ルイの王としての覚悟に感じ入ったかどうかはわからないが、マウリシア王国はいくばくかの領土の割譲と賠償金と引き換えに、ハウレリア王国におけるジャン国王の正統性を認めた。

要するに、ジャンに対して反乱を起こしたり侵攻したりしたら、マウリシア王国が相手になるぞと宣言したわけである。

――そして最後に、マウリシア国内でのボーフォート公の反乱だけが残された。


ボーフォートの籠城《ろうじょう》がこれほど長期化したのにはわけがある。

もしもこれが開戦直後であれば、マウリシアの老将軍ラミリーズは、多少の損害に構わず攻め落としたであろう。

しかし今さらボーフォート公がどうなろうと、大勢に影響はない。

ラミリーズは敵味方ともに損害を最小限に食い止めるつもりでいた。

「わしは、ああはなりたくないものだな……」

広大な所領と代々の財物に裏打ちされたボーフォート軍の戦備は、ラミリーズの目から見てもなかなかのものと言える。

そもそもボーフォート公アーノルドは、若き日には王国を背負って立つと期待された新進《しんしん》気鋭《きえい》の行政官であった。

彼の業績は現在の強固な城や兵備、豊富な物資を見てもわかる。

伊達《だて》に十大貴族の筆頭に君臨《くんりん》していたわけではなく、単体の実力で考えるなら今なお最大の十大貴族は間違いなくアーノルドである。

またボーフォート公領は税率も低く、治安も良好で、領民にとってアーノルドはとても優秀なありがたい領主であった。

官僚たちの大半はアーノルドが若き日に抜擢《ばってき》した有能な人材で、当然ながら忠誠心も厚かった。

双方にとって不幸なことに、人生が終わるまで必ずしも優秀ではいられないのが、この悪《あ》しき世界の時の流れである。

過去に優秀であった人間ほど、老いてからの衰亡《すいぼう》が与える影響は大きい。

例えば日本では、戦国時代の大友宗麟《おおともそうりん》などが良い例である。

老いて息子に先立たれてからは豹変《ひょうへん》し、家臣を殺して妻を寝とるわ、領民を奴隷にして外国に売り飛ばすわ、キリスト教に傾倒《けいとう》し、家臣たちが信仰する古刹《こさつ》を破壊して旧来の宗教勢力まで敵に回すわ……してしまった。

それでも高橋紹雲《たかはしじょううん》や立花道雪《たちばなどうせつ》といった名将が見放さなかったのは、宗麟の若き日の英才ぶりが印象に残っていたからだろう。

三国志で有名な呉《ご》の孫権《そんけん》なども年老いてからは後継者の選定を誤り、無二の宝ともいえる陸遜《りくそん》を憤死《ふんし》させている。

やはり麒麟《きりん》も老いては駄馬《だば》に劣るというのが、残酷《ざんこく》な時の流れの必然なのかもしれない。

ボーフォート公もなまじ若き日に有能だったがために、家臣や領民を破滅の巻き添えにしようとしていた。

ラミリーズはそれを承知しており、早期解決を諦めたのである。

「ええいっ！　まだハウレリアは現れんのか？　小僧一人討ち取れんというのか！」

いらだたしげにアーノルドは足を踏み鳴らして、バルコニーから眼下のマウリシア王国軍を睨みつけた。

形勢は控えめに言ってもじり貧《ひん》である。

当初はボーフォート家の縁戚筋《えんせきすじ》に当たる貴族や、周辺寄貴族も協力してくれたものの、勝利の天《てん》秤《びん》が国王に傾いたかと思うと、雪崩《なだれ》を打ったかのように手のひらを返していった。

もしも勝利した暁《あかつき》には、決して許してはおかないとアーノルドは思う。

それ自体がすでに妄想でしかないということを、今のアーノルドはわかっていない。

「まったく、どいつもこいつも不甲斐《ふがい》ない者ばかりじゃ！」

ボーフォート公爵軍を実質的に指揮している家臣パトリックは、アーノルドの狂騒《きょうそう》を沈痛《ちんつう》な思いで見つめていた。

息子たちが戦役で一人残らず亡くなってしまうまで、アーノルドは実に忠誠を尽くす甲斐のある主君だった。部下を信頼してある程度の裁量を任せるだけの度量があり、さらにより大きな観点から舞台を整えられる戦略性があった。

かつて王国の要《かなめ》たる十大貴族の筆頭に君臨したカリスマと力量は、パトリックをはじめとする家臣たちの誇りだったのである。

「せめてチャールズ様が生きていてくれれば……」

アーノルドの息子としては凡庸《ぼんよう》であったが、彼ならば手堅くボーフォート家をまとめたであろうし、アーノルドが精神の均衡を崩すこともなかったはずだ。

十余年前の戦役において、ボーフォート公爵軍は決して負けたわけではなかった。

アーノルドが鍛え上げた軍は、ほかの貴族とは一線を画《かく》した本格的な専業軍人の集団であった。

しかし味方であるはずの他のマウリシア貴族の無能さが、ボーフォート公爵軍を敵中に孤立させた。

砂の城のようにあっさりと崩れ去ったマウリシア軍のなかで、ボーフォート公爵軍だけが明確な指揮系統を保っていたのである。

ボーフォート公爵軍を突き崩さなければ追撃戦に移れないハウレリア軍の攻撃が集中し、偶然の流れ矢がチャールズの喉元を貫《つらぬ》いた。

自分が身を呈して庇《かば》うことができれば、今のこの窮状《きゅうじょう》はなかったかもしれない。

あの日目の前でチャールズを失った瞬間から、パトリックがその悔恨《かいこん》から解放されたことは一度としてなかった。

アーノルドを裏切ることは自分には決してできない。

しかしこのままウェルキンと戦い続けることがアーノルドのためになるのか。

パトリックは答えの出ない問いに悩み続けるのだった。


「――潮時《しおどき》じゃな」

ラミリーズは王都から届けられたある物を手に、深々とため息をついた。

かつてのアーノルドを知る人間としては忸怩《じくじ》たる思いがあるが、こうして正面から王国に反抗してしまった以上、引導《いんどう》を渡すのがラミリーズの役割である。

残念なのは、全てが手遅れになってしまったことだ。

ハウレリアがまだ戦力を保っているうちであれば交渉の余地はあった。ラミリーズも、ソフトランディングさせるため交渉の使者を幾度となく送っていた。

しかしハウレリアの敗北が確定した今、マウリシア王国がボーフォート公爵に譲歩しなければならない理由は何もない。

それはすなわち、アーノルドだけでなくその一族と家臣全てを排し、ボーフォート公爵家を断絶させることを意味していた。

建国の功臣にして十大貴族の雄《ゆう》、ボーフォート公爵家が断絶するということは、新たな十大貴族が誕生し政治勢力が塗り替えられることでもある。

その残酷な政治力学の中に放り込まれるであろうバルドを思うと、ラミリーズは憂鬱《ゆううつ》な気分に駆られるのであった。

「だからといって、放置しておくには大きすぎるしのう……」

今後のマウリシア王国において、中央集権化を進め貴族の統率を強化するのは既定路線である。陰に日向《ひなた》に貴族に反抗され、対ハウレリア王国戦をほとんどバルド一人に押しつけてしまった鬱《うっ》憤《ぷん》でウェルキンは爆発寸前であった。

しかし、その原因はウェルキンにもある。

封建体制における経済の発展は、しばしば貴族の忠誠を衰えさせる。

基本的に貴族は土地を基盤として収益を挙げるものだが、経済と流通の発展によって、金がより多くの者を支配することになる。

本来、国王と貴族を結ぶもっとも強固な絆《きずな》は、領地所有権と安全の保障である。

金融の発展は、土地と密接な関わりを持つ貴族の基盤を揺るがしかねない可能性があった。

ハウレリアに対抗するため、国力を増強しようと経済を優先したウェルキンは、それを甘く見過ぎていたと言っていい。

ウェルキンは旧来とは違う視点を有しているがゆえに、足元をすくわれたのだった。

「――ボーフォート公に使者を送れ。これが最後通告だ」


ラミリーズがアーノルドに送りつけた物とは、ハウレリア前国王ルイの首であった。

かつてルイと顔を合わせたこともあるアーノルドは、その顔を見て卒倒《そっとう》した。一国の王の末路《まつろ》としては、あまりにも無惨《むざん》な姿である。

同時に国王としての責務を果たした漢《おとこ》の顔でもあるのだが、王となったことのないアーノルドにはそれを理解することはできなかった。

ただルイの死に様を見て思い出してしまったことがある。

それは――アーノルドが忘れていただけで、死は以前からずっと自分の身近に存在する、ということだ。

どうして忘れていたのだろう。死がすぐそこに迫っているからこそ、アーノルドはあえて国に反旗を翻したのではなかったか？

頼みのハウレリア国王ルイは死んでいた。

なら自分はどうすればいい？　自分はあとどれくらい生きられる？

この現状でもし自分が死んでしまったら、ボーフォート公爵家は――。

死を本当に意識した瞬間、アーノルドを狂わせてきた妄執《もうしゅう》はアーノルド自身に凶暴な牙《きば》を剥《む》いた。

腰が抜けたようにどさりと尻もちをつき、アーノルドは惑乱《わくらん》した。

不快な痛みが内臓を締め上げてくる。

小刻みに震える身体でただ心臓の音だけが、ひどく大きな音を響かせている気がした。

ラミリーズの思惑は完全に果たされた。

今こそアーノルドは死にゆく自分を思い出したのである。

もう引き返すことのできぬ泥沼に、首まで浸かってしまった今になって。

「おおおおおおおっ！」

アーノルドの魂を凍《こご》えさせるような慟哭《どうこく》が、何もかもが手遅れであることを雄弁《ゆうべん》に告げていた。


正気を取り戻したアーノルドとラミリーズの間で、和平交渉がスタートした。

しかし、責任をアーノルド一人に留めるというボーフォート側の主張は、事実上受け入れ不可能である。

家臣から領民まで組織的に王国に反抗したことが明らかな以上、もはやボーフォート家が存続するという選択肢はない。

議題の焦点は、アーノルドの孫であるジョージの処遇に移った。

ラミリーズも子供の遣いではないから、ウェルキンの決裁を仰《あお》ぐ前にある程度の落とし所は見つけておく必要がある。

「正直に申し上げるが、私にできるのはジョージ殿の助命を嘆願《たんがん》する程度。王国法に照らせばそもそも三族処刑ですゆえ」

「わしも長いこと貴族社会の中で生きてきた。その程度のことは承知しておるよ。貴族は建前さえ整えれば割りと融通《ゆうずう》が利くということも」

どうやらアーノルドは搦《から》め手を考えているらしい。問題はそれが妥協《だきょう》に値するかどうかということなのだが……。

「ダドリー伯が養子を探していただろう。我が一門に連なる者ではあるが王家に対する忠誠は厚い。日付を遡《さかのぼ》って縁組させれば言い抜けることも可能なはずだ」

「ほう……ダドリー伯ですか」

アーノルドのセンスが衰えていないことにラミリーズは驚愕した。

「あれに恩を売るのは卿にとっても有益になるのではないか？　彼《か》の伯は対トリストヴィーの最右翼でもあることであるし」

その言葉を聞いても一切の動揺を見せなかったラミリーズは、称賛されてしかるべきであろう。

「なんのことかわかりかねますな」

「ふむ、トリストヴィーから理由《わけ》ありの母娘を連れてやってきた凄腕の傭兵というのが、卿に似ていると聞いたが勘違いであったか」

「……流れの傭兵など珍しくもないですからな」

「ふははは……まあ、そういうことにしておこうか」

愉快《ゆかい》そうに含み笑いを漏らすアーノルドは、まさに貴族社会を生き抜いた一大の巨人であった。

その力を正しく王国のために使っていれば、今回の戦争も随分と様相を変えたことだろう。

「おそらく陛下は断らんと思うが……よしなに頼む」

「この身命に誓いまして」

ラミリーズほどの男が、背中を冷たい汗が滴《したた》り落ちるのを堪《こら》えることができなかった。この国で、まさか自分の過去に辿りついた者がいるとは思わなかったのだ。

一介の傭兵にすぎない自分の正体が知られていたということは、つまり……。

およそ十日の後、ボーフォート公アーノルドは家臣たちに見守られるなか、静かに冥府《めいふ》へと旅立った。

短く熱い、第二次アントリム戦役が終結した瞬間であった。


「可愛い、可愛すぎるよ、ペロペロ……」

「バルド様、さすがの私も引きますよ？」

マゴットの出産以来、ガウェイン城のバルドは暇さえあればすぐ、ナイジェルとマルグリットの様子を見に来ていた。

その溺愛《できあい》ぶりにはセイルーンどころか、母親のマゴットですら一抹《いちまつ》の不安を感じてしまうほどである。

小さな指でバルドの指先を握り、機嫌よさそうに笑うマルグリットに、バルドは目尻を下げて感激に身を震わせていた。

「――お前に娘が出来たときが怖くなってきたよ」

「そうですね……信じられないくらいの親馬鹿になりそうです」

マゴットとセイルーンは顔を見合わせ、ため息をもらすのだった。

難産後、大事を取ってマゴットがアントリムで療養《りょうよう》することになったのに対し、イグニスは後ろ髪を引かれる思いを断ち切って、コルネリアスへと戻っていった。

戦争が終わったとはいえ、コルネリアス領主としてやらねばならないことは山積《さんせき》していたからである。

長く危険な隣人であったセルヴィー侯爵家が断絶し、その巨大な所領は四つの貴族に分割して与えられることになっていた。

今後セルヴィー侯爵のように敵対関係に陥《おちい》りたくないイグニスとしては、まず最初の折衝《せっしょう》に失敗するわけにはいかなかった。

幸い、四人の貴族でもっとも大きな勢力であるアルトワ伯爵は新国王ジャンの派閥に属する穏健《おんけん》派《は》で、コルネリアスの軍事的負担は大幅に軽減されることが期待されている。

そうした国内外の変化にもかかわらず、いまだバルドがアントリムでゆっくりしている理由は複雑であった。

かろうじてマティスやマゴットにも武名を挙げる機会があったものの、第二次アントリム戦役はほとんどバルドが一人でハウレリア王国を叩きのめしたに等しい。

これにどうやって報いるかについて、マウリシア宮廷の意見は真っ二つに分裂していた。

なかでも十大貴族の一角であるヘイドリアン侯爵やリッチモンド公爵は、バルドがボーフォート公に代わる存在となることに強硬《きょうこう》に反対した。

国王と十大貴族という、マウリシア王国の絶対的な権力機構の権威が弱まることを危惧《きぐ》したためである。

ウェルキンはもちろん、一足飛びにバルドを十大貴族に引き上げるつもりはなかったが、近い将来に何らかの功績を立てさせてバルドを加える心算《しんさん》であった。

しかしヘイドリアン侯爵とリッチモンド公爵は、断絶した名門ノルマンディー公爵家を復活させて十大貴族とするべき、と主張していた。

一度別の人間が入ってしまえば、バルドを将来十大貴族に迎えるという構想が破綻《はたん》する。

想定外ではなかったとはいえ、ウェルキンとしては頭の痛い問題であった。

貴族の中にも領主貴族と官僚貴族のふたつの主流があり、ヘイドリアンとリッチモンドは官僚貴族のトップである（宰相《さいしょう》であるハロルドは中立のため除外）。

領主貴族の巨頭ボーフォート公が一族とともに没落したため、今こそ官僚貴族による王国の中央集権化を成し遂げようと、両家が動き出したのだった。

中央集権化の方針自体は、ウェルキンの構想に反していないところが厄介《やっかい》極まりない。

いくら優秀な国王でも、その権力を行使するためには良質な官僚機構が必要不可欠だ。国王が脳なら官僚機構は手足で、血流が資本と物資になるだろうか。

これまでは幸いなことに、マウリシア王国の経済的成長を主軸にしたウェルキンの政策が官僚機構と対立することはなかった。

むしろ領主貴族との間で、徴税権や王国法を順守させるために対立を繰り返していた官僚貴族は進んで王室を擁護していたと言える。

こうして真っ向から国王に反対してくるのは、ウェルキンとしてもいささか意表を突かれた形であった。

「――といっても、あいつに報いてやらんわけにはいかん」

ウェルキンの見るところ、官僚貴族はバルドの潜在能力を甘く考えすぎている。

バルドがハウレリアの大軍を相手に勝利したのは、ただ戦《いくさ》に強いからというわけではない。

戦馬鹿なら、中央の権力に近寄らせなければ心配ないかもしれないが、バルドが本気になれば、領主貴族を結集しサンファン王国の支援を受けて、王権に挑戦することすら可能なはずだった。

そうした意味で、ウェルキンにバルドを正面から敵に回すつもりはさらさらない。

あちらを立てればこちらが立たず。

物語の英雄のように、戦で勝利した英雄が天下万民から祝福され、めでたしめでたしで終わればどんなに良いことか。

「官僚としては優秀なのですが、世界を狭く考えすぎのように思われますね」

こめかみを揉《も》むウェルキンと同様、こちらも困ったようにハロルドは苦笑した。

実際マウリシアの官僚組織は決して無能ではなく、経済規模が倍化した国内の流通や法務を大過《たいか》なく運営している。

もっとも末端で腐敗《ふはい》が進みつつはあるが、少なくともハウレリア王国やサンファン王国よりは優秀と言ってもいいだろう。

しかしながら、官僚組織というものは自らの組織を何よりも最優先にする傾向がある。

組織の維持のためなら、あえて国益を損なっても構わないという独善性は、組織が巨大であればあるほどにむしろ強くなる。

今のウェルキンの権力をもってすればそうした官僚貴族を一掃することも可能だが、そうなっては規模の拡大した経済が立ち行かない。

有能な政治家は官僚を使い、無能な政治家は官僚と対立する、という政治的格言がある。

ウェルキンの構想する官僚機構の構造改革には、さらなる平民官僚の台頭が必須であり、現状で官僚貴族を敵に回すことは避けざるを得なかった。

「ひとつ、試してみたい手があるのですが……」

「もったいつけずに言え、ハロルド。せっかくハウレリアに勝利したのだから、こんな厄介事には
さっさとケリをつけたいのだ」

不機嫌そうに話を急《せ》かすウェルキンに、ハロルドは改めて深いため息をついた。

仕え甲斐はあるかもしれないが、仕えにくい主君を持ってしまった己の運命を密かに呪《のろ》う。

「官僚のような国内組織は、えてして己の権力が及ばない外圧に対して弱いものです。ここは対ハウレリア戦の勝利を祝して大々的に諸外国の首脳を招待しては？」

バルドがこれを聞いたら泣いてやめてくれ、と哀訴《あいそ》するだろう。

無自覚のうちに、バルドを絶望のどん底に追い込んでしまったハロルドであった。

「なるほど。机上《きじょう》でしか物の量れぬ連中の目を覚まさせるにはいい機会か」

ウェルキンは妙案とばかりに破顔《はがん》した。

確かに彼らを説得する材料として、友好国の意向は非常に便利な言いわけになるであろう。

「ならば盛大に祝勝会《しゅくしょうかい》を開かなくてはならんな。今後のためにもマウリシアの力を見せつけておかなくては」

そうと決まれば、ただ単にバルドを称《たた》えるだけでこの祝勝会を終わらせるつもりはない。

今やマウリシア王国は南はサンファン王国と結び、東は長年の宿敵ハウレリア王国を降《くだ》したとい

う建国以来の好状況である。今後の発展と将来性をアピールするにはまたとない機会であった。

こうなってしまっては、もうウェルキンの暴走を止めることはできない。

おそらくは腹の中で、また碌《ろく》でもないことを考えているであろうことを察して、ハロルドは天を仰いで嘆息《たんそく》するのだった。

第二章

祝勝会にて

ノルトランド帝国はマウリシア王国の北方に位置する、ハウレリアと並ぶ尚武《しょうぶ》の国である。

国土は山岳《さんがく》地帯が多く、気温も低いことから農業生産力は小さい。代わりに鉱業や林業、工業が発達していた。

隣国のガルトレイク王国とは長年の敵対関係にあり、国境に存在するレフトアース金山を巡っては、今なお小競《こぜ》り合いが繰り返されている。

初代の王イヴァンは、自らを新たな統一王朝の創始者になぞらえて「皇帝」の名を号した。

かつてアウレリア大陸を統《す》べた統一王朝の後継は、一般にアンサラー王国と考えられているが、イヴァンはいつか自分の子孫が大陸を統一することに夢を託《たく》した。

以来、ノルトランド帝国にとって大陸統一は、どれほど未来であっても達成しなくてはならない国是《こくぜ》であるのだった。

「このままでは、マウリシアの義父上《ちちうえ》のほうが早く大陸統一を達成してしまいそうだな？」

「ハウレリア王国すら占領できない父に、そのようなことできるはずがありません」

妻のにべもない返事に、男は楽しそうに口元を歪《ゆが》めた。

「占領することと支配することは似ているようで異なる。義父上はそのことをよくわかっておられるよ」

マウリシア国王ウェルキンを義父と呼ぶ男の名はグスタフ・アドルフ・ノルトランド。

今年二十六歳になるノルトランド帝国の皇太子であった。

金髪碧眼《へきがん》の貴公子らしい風貌《ふうぼう》に、武人らしい広く鍛え上げられた胸板は、まさに王族の風格である。

そしてその妻の名はベアトリス。

ウェルキンの長女で、三女マーガレットと同じく茶金の髪に鳶色《とび》の瞳を持つ。

性格をそのまま表した勝気な瞳が特徴的で、非常に肉感的でグラマラスな体形は、夫であるグスタフの心を捉えて放さない。

しかしその本質は妹たちとはかなり異なり、ベアトリスは父親の政治的腹黒さというより、王族の覇気《はき》のようなものを濃く受け継いでいた。

「日和見《ひよりみ》なんかしなければ恩の売りようもあったのに！」

「おいおい、いくらなんでもあれを予想しろというのは無理があるぞ」

マウリシアの王女が皇太子妃であるノルトランドは、マウリシアへ援軍を送る大義名分があった。ところが手をこまねいているうちに戦争が終わってしまい、ノルトランドはなんら分け前を要求することができなくなった。

ベアトリスはそれをなじっているのである。

しかしマウリシアとハウレリアの戦力差は圧倒的で、国内の貴族が足を引っ張っているのがわかっていた。負け戦に援軍を出すほどノルトランドは慈善《じぜん》国家ではない。

結果的に援軍を出していればハウレリアから一郡や二郡は奪い取れたかもしれないが、今となっては後の祭りである。

速やかにハウレリアと和平を結び、新国王ジャンを承認したウェルキンの判断はまさに卓見《たっけん》であったと言えるだろう。

おかげでノルトランドを含む周辺各国はハウレリアに対する手出しを禁じられた。

マウリシアが不利な間は見て見ぬ振りをしたのだから、今頃になって手を出すことは、ハウレリアとマウリシア二国を敵に回すに等しいのだ。

「ベアトリスは今回の英雄、バルド・アントリム・コルネリアス子爵を知っているのか？」

「私が嫁《とつ》いだときにはまだ七つほどの子供ですよ？　知るはずがないでしょう」

「ふむ、どうも入ってくる情報が信用できなくてな」

あまりに出来過ぎた英雄譚《えいゆうたん》を信用できないのは当然であろう。しかしその物語のようなことが、本当に事実であるから性質《たち》が悪い。

「……妹のレイチェルから、惚気《のろけ》混じりに同じ内容の手紙が届いてるわ。信じがたいけれど信じるほかないわね」

「ほう……レイチェル殿下は、かの男にご執心《しゅうしん》か」

「あれで一途《いちず》な娘だから――父が放っておくとも思えないし」

レイチェルの想いもさることながら、今のバルドは王室に取り込むだけの価値が十分すぎるほどにある。ウェルキンとしては放置しておく理由がなかった。

「面白い……願わくば、簡単に取り込めるような男でないことを」


「……バルドの祝勝会か」

本来であれば万難を排して祝いに行きたい気持ちを、サンファン王国の王太子フランコはかろうじて抑え込んだ。

十日ほど前、かねてより体調の悪化していた父、国王カルロスが危篤《きとく》状態に陥り、フランコは摂《せっ》政《しょう》の地位に就いていた。

久しく会っていない親友の祝賀に駆けつけたい気持ちはやまやまだが、それを許されるような状態ではない。

「テレサは行ってきてもいいんだよ？」

「私はサンファン王国の王太子妃だぞ？　陛下の不予《ふよ》を放って里帰りなどできるものか！」

親の死に目に会えないのが不幸とされるのは、世界共通である。今やサンファンの王族の一員となったテレサもその例外ではなかった。

「それはそうなんだがね……」

フランコはこのタイミングで行われる祝勝会の政治的理由について、ウェルキンの思惑を洞察《どうさつ》している。ここでマウリシア王国との親密さを演出することは、サンファン王国にとっても、決して利なしとは言えなかった。

「――止むを得ん。ロドリゲス叔父と軍務卿《ぐんむきょう》ホセに代理を頼もう」

特にホセは、バルドにとって戦友にも等しい間柄だ。サンファン王国海軍とバルドの接点を見せつけるには相応しい人選だろう。


「ちょおおおおおおおっと、待ったあああああああ！」


そこに、まるで暴風のように飛び込んできた一人の女性――マジョルカ王国海軍卿ウラカ・デ・パルマが猛然とフランコに詰め寄った。

「あ、あたしも同行する！　バルドのことならあたしも無関係とは言えまい！」

困惑顔で頭を抱えたフランコは、悪戯っぽい笑みを浮かべてウラカの背後に佇《たたず》む王妃マリアを恨《うら》みがましい目で見つめた。

「母上、よりにもよってウラカ殿にばらしましたね？」

「ニヘヘ……姉代わりとしては、ウラカちゃんの恋路《こいじ》を応援してあげなきゃ♪」

いささかカルロスの看病疲れで憔悴《しょうすい》の跡があるものの、マリアの本性は健在であった。

ジジコンで有名であったウラカが、サンファンを訪れたバルドに惚れ込んでしまったのは公然の秘密である。そしてウラカの猛烈なアプローチがことごとく空振りに終わったことも。

フランコは遠く離れた親友の不幸を思った。

（ごめんよ、バルド。僕には止められそうもない……）


百年来の因縁《いんねん》にひとまずの決着がついたこともあって、マウリシア国民は祝賀ムード一色であった。

王都キャメロンでは祝勝会の開催に合わせて、大小様々な催《もよお》しが執り行われており、戦役の英雄バルドは吟遊詩人《ぎんゆうしじん》のサーガによって知らぬ者はない有様である。

「なんとも盛況ではないか」

「……私がいたころでも、これほどの騒ぎは見たことがありませんわ」

馬車に揺られつつ、久しぶりとなるキャメロンの街並みを見つめたベアトリスは、興奮も露《あら》わに答えた。

この国で育った彼女にして驚愕に値《あたい》する賑《にぎ》わいを見せている。

「……殿下、あまり身を乗り出されては安全が保たれませぬ」

謹厳《きんげん》な佇まいの騎士が、ベアトリスの視界を塞ぐように立ちはだかった。

貴人を射線から隠すのは要人警護の基本である。

さすがにベアトリスの母国で暗殺はないだろうが、ノルトランドはガルトレイクと現在も戦争中なのだ。ましてグスタフたちの希望でお忍びで入国している現状では、危険はゼロではなかった。

「エルンストは堅いな。表立ってではないが、マウリシアの王宮にも連絡はしてあるのだ。このあたりにも陰の手は及んでいよう」

エルンストと呼ばれた騎士は顔色ひとつ変えず、グスタフに向かって一礼する。

「これも騎士の職務にございますれば」

「よいのです。私が大人気《おとなげ》ありませんでしたわ」

ベアトリスはにこやかに微笑むと、優雅に背もたれに身を委《ゆだ》ねた。彼女自身、いささか実直すぎる騎士の性格が決して嫌いではなかったからである。

エルンスト・バルトマン。

鋼《はがね》のような筋肉をまといながら四肢は伸びやかで、鈍重さは微塵《みじん》も感じられない。

目を引くのはその頭部に乗った、大きく三角に尖《とが》った耳であろう。

灰銀の毛並みはまるで極上のビロードのような輝きに満ちて、特殊な性癖の持ち主であれば目を剥《む》くほどに見事である。

犬耳族のなかでも稀少な狼の獣人であるエルンストは、ノルトランド帝国でも五指に入る戦士だ。騎士としての位階はまだ高くはないが、将来は近衛《このえ》騎士を束《たば》ねる人材として期待されている。

難を言えば融通が利かず、他人とコミュニケーションを取るのに向かないことか。

もう少し世間慣れしてくれれば、いつでも近衛騎士団長を任せられる器《うつわ》なのだが、とグスタフは思う。もっとも、そうでないところがエルンストの可愛さでもあるが。

ノルトランド帝国では、マウリシア王国ほど獣人に対する偏見がないから、彼らは政権の中枢にも数多く入り込んでいる。

それもそのはず、ノルトランドには大陸に存在する犬耳族の実に七割以上が集中しており、国民の三割以上を獣人が占《し》めている国なのだ。

彼らを重職に登用するのはむしろ当然の話であった。

グスタフの側室にも獣人の女が一人おり、彼女がエルンストの姉という縁もあって、グスタフはエルンストを重用《ちょうよう》していた。

「確かにマウリシアの陰の気配はありますが、私ごときに気取られるようではあまり頼りにはなりますまい」

「お前にも気取られない陰がマウリシアに大量にいるほうが問題ではないか！」

困ったものだ、とグスタフは笑いながら首を左右に振る。

謙虚《けんきょ》なのはいいが、彼ほどの武人にあまり謙遜《けんそん》されては、ノルトランドの武が軽く見られることにもなりかねない。

「まだまだ未熟にございます」

あくまでも頑《かたく》ななエルンストに、ベアトリスは小首を傾《かし》げた。

「ふう……エルンストも身を固めれば、少しは柔らかくなるのかしら？」

ノルトランドでも有数の戦士で、絶世《ぜっせい》とまでは言わないが十分に美形であるエルンストは、ベアトリスの侍女《じじょ》の間でも人気の的《まと》だ。

特にベアトリスの可愛がっている侍女のクラウディアなどは、まるでアイドルに対するように、エルンストの細密画《ブロマイド》を片時も離さぬほどである。

また皇太子の寵臣《ちょうしん》であるエルンストが、いつまでも独り身というのも問題であった。

できれば似合いの相手を世話してやりたい。

「私のような未熟者には気の早い話でございます」

このストイックさこそがエルンストの人気を高めているのだが、本人にその気は全くなかった。

「ぶふっ！」

そのとき、こらえきれない、とでもいうようにグスタフが噴き出す。

明らかに自分が笑われたと感じてエルンストは顔を顰《しか》めるが、グスタフはなおくつくつと小さく笑い、驚くべき言葉を紡《つむ》ぎ出した。

「そうだなあ。立派な騎士になったら彼女を迎えに行かなきゃならんものなあ？」

「なあああああああっ？」

隙のない凛然《りんぜん》とした表情を仮面のように顔に張りつけている男が、真っ赤になってうろたえるのをグスタフとベアトリスは初めて見た。

「ど、どこでそれを……いったい誰が！」

「お前と同郷のディルクが、それは楽しそうに教えてくれたぞ？」

「──あの野郎！　後でぶっ殺す！」

珍しく感情を露わにして激昂するエルンストに、グスタフは引き攣《つ》れるようにして爆笑した。

まさかここまで素直な反応をするとは思わなかった。

ノルトランドで今をときめく青年騎士が、こんな純情青年だと誰が信じるであろう。

本人さえ望めばその辺の美女など好き放題につまめる男なのである。

「あなただけずるいわ！　早く私にも聞かせてくださいな！」

他人の恋話を目を輝かせて強請《ねだ》るあたり、ベアトリスもやはり乙女であった。

「グスタフ殿下……何とぞ……何とぞ！　後生《ごしょう》でございます！」

「すまんな。私も妻には逆らえん」

無情にもエルンストの願いは一蹴されて終わった。

「む、むぐぅ……」

「どうもエルンストは子供のころに、親しかった女の子に求婚したらしくてな。今でもその誓いを守っておるらしい。しかし、どこにいるかも知れぬ相手というのは少々問題だな」

「いけませんわ！　そんなことで、もしエルンストが一生独身などということになっては一大事ではありませんか！」

まさか相手が行方《ゆくえ》も知れないとは思わなかった。

下手をすれば、エルンストは誰ひとり女性を寄せつけず生きていくことになる。

エルンストが本気でそれを実行しかねない男であることは、ベアトリスも十分理解していた。

「彼女が覚えているか、そも理解しているかどうかもわかりません。しかし獣神に誓った以上、私はその誓いを守るだけです」

エルンストは幼い日に出会った少女の面影《おもかげ》を思い出す。幼く愛らしかった容貌も、きっと美しく成長していることだろう。

彼女に相応しい男になれるよう、まだまだ精進《しょうじん》しなくては。

「……諦めろベアトリス。あの男はああなったら梃子《てこ》でも動かぬ。幸い名前はわかっているのだし、いざとなったらノルトランドの国を挙げて見つけ出してやるさ」

誰がどう見ても片思いの彼女に対する誓いを新たにしている若者の姿に、グスタフは呆れたように肩をすくめる。これだからエルンストは憎めないのだ。

「それで……行方のわからぬ相手の名はなんとおっしゃいますの？」

まだどこか納得がいっていない様子のベアトリスに、エルンストは恥ずかしそうにその名を告げた。

「……セリーナ、と申します」


「ぶええええっくしょんっっ！」

「ひゃあああっ！　セリーナさん！　汚いですわ！」

王都キャメロンに向かう馬車の車内では、ちょうどセリーナの対面に座っていたアガサが予期せぬ唾《つば》の襲来に悲鳴を上げた。

マゴットの世話をするセイルーンをアントリムに残し、二人はバルドの付き添いとしてマウリシア王宮での祝勝会に参加することになっている。

獣人族であるセリーナは出席を辞退しようとしたのだが、バルドは頑《がん》として聞かなかった。

もしもセリーナを粗略《そりゃく》に扱う者があれば、決闘状を叩きつけることも辞さない。

セリーナたちが戦役中に心の折れかけた自分を励ましてくれたことを、バルドは片時も忘れたことはなかった。

たとえ自分の立場がどうあれ、もう彼女たちへの愛情を我慢するつもりはない。

「風邪でも引いたんかなあ……背筋がゾクゾクするわぁ」

寒そうに両肩を抱えて震えたセリーナは、その感覚にどこか覚えがある気がして首をひねる。

風邪とは異なる、第六感に働きかけるような悪寒《おかん》。

あれは確か――。

「おとんが何かやらかした時に似てるわ」

セリーナの父マスードは優秀な商人であると同時に、商売以外の部分では、肝心な時に大きな失敗をやらかす男だった。

妻リリアと一緒に死んでしまったのが、その最たる例である。

湖でボートに乗っては立ち上がって転覆《てんぷく》し、料理をしては頭をこんがりとアフロに焦《こ》がす父に本能的な危険を感じたのか、セリーナはいつしか父がやらかすのを感知できるようになった。

今の悪寒は、その感覚に似ていたのだ。

「今頃になって……いったい何をやらかしたんや、おとん？」

セリーナは知らない。そんなマスードの血が、しっかりとセリーナにも引き継がれているということを。

バルドが異常すぎるだけで、セリーナも十分トラブルを巻き起こすフラグ体質なのであった。

「どうしてだろう？　僕も嫌な予感がする……」

そして、セリーナのトラブルがバルドに影響しないはずがなかった。

諦念《ていねん》とともに、バルドは来《きた》るべきトラブルに立ち向かう覚悟を決める。

――ゾクリ。

しかしどうやらそんな覚悟とは関係なく、バルド自身、すでに別のトラブルに巻き込まれていた。

「ロドリゲス殿はバルドの母上をご存じと聞くが？」

ウラカに水を向けられたサンファン王国第二の都市、マラガの太守《たいしゅ》ロドリゲスは、ありし日のマゴットを思い浮かべて莞爾《かんじ》と笑った。

今となっては遠い青春の記憶である。

あの颯爽《さっそう》とした戦場の女神がどうしているか、願わくば再会したいところであるが、残念なことにマゴットは出産のため療養《りょうよう》中であるという。

密かな失望をロドリゲスは押し殺した。

「トリストヴィーと小競り合いをしていた折りに。まこと、戦場では鬼神のような方でおられた」

今でこそ銀光マゴットの名は大陸に轟《とどろ》いているが、まだ彼女がサンファンにいたころは「空飛ぶ乙女（ムチャチャ・ボランチ）」が通り名であった。

船から船へ飛び移るマゴットの姿が、まるで空中を遊泳しているかのように非現実的だった証左である。

バルド内に眠る岡左内《おかさない》が聞けば、源 義経《みなもとのよしつね》の八艘飛《はっそうと》びを思い浮かべただろう。

その逸話《いつわ》を聞いたウラカは大きく首肯《しゅこう》した。

「外海で落水すれば、一流の海兵でも助かることは少ない。戦闘行動中の船を飛び回るとはまさしく神の所業だな」

海から戦闘船に自力で這《は》い上がるのは不可能に近い。味方がカッターを降ろすか命綱を投げてくれなければ、そのまま溺死《できし》するのが通常である。

まして風を掴むことで帆走《はんそう》する船はどう動くか予測が不可能であり、マゴットがいかに非常識な存在であるか、ウラカは身にしみて理解することができた。

ならばその息子バルドも――。

ペロリとウラカが妖艶《ようえん》に舌舐《したな》めずりをすると、ロドリゲスは本能的な恐怖に肌が粟立《あわだ》つのを抑えられなかった。

この感覚は間違いなく、妻ビアンカに外堀を埋められ、退くこともできずに追い詰められたときのものと瓜二《うりふた》つであった。

（バ、バルド殿――逃げろ！　超逃げろ！）

ことこのケースに限っては、どんな優秀な男もただの獲物と変わりない。女が天性の捕食者に変化することを、文字通り食われてしまったロドリゲスは知っている。

「ウ、ウラカ殿……わかっているとは思うが、我が国の外交使節としての節度を守るようお願いしますぞ？」

下手をすれば夜這《よば》いどころか、祝勝会の物陰に隠れて……などという暴挙《ぼうきょ》に及びかねないと、ロドリゲスは冷や汗を流して釘《くぎ》を刺す。

「迷惑はかけないから安心おしよ。あたしだって、最近は行儀《ぎょうぎ》がよくなったと評判なんだぜ」

あえて「何もしない」とはウラカは言わなかった。やはり、絶対にバルドを押し倒すつもりでいる。

ロドリゲスは、馬車の中で一人熟睡中《じゅくすいちゅう》のホセを恨めしそうに見つめた。

道中での針のむしろを危惧《きぐ》したホセは、先刻から睡眠薬を服用して安らかな夢の中である。まさに智将の名に相応しい、鮮やかな危険回避術だった。

人としてどうかは、また別の問題ではあるが。

「う～～～～ん……迷うわ。あまり大人っぽく見られるのも癪《しゃく》だし……」

深刻な悩み顔で、レイチェルは鏡に映る自らの肢体《したい》を睨みつけた。

出るところは出て、引っ込むところは引っ込んだ見事なプロポーションは健在である。

しかし十八歳になったレイチェルは、王族としてはいささか薹《とう》が立っており、もうじき嫁《い》き遅《おく》れ呼ばわりされることを懸念《けねん》していた。

好きな男より年上なのはレイチェルにとって大きな悩みであり、コンプレックスだったのである。

「今日こそはしっかりアピールしないと……」

レイチェルにとって想定外なのは、シルクが立場を顧《かえり》みずバルドにアタックしたことだった。

十大貴族ランドルフ家の一人娘であるシルクは、同じくコルネリアス家の一人息子であるバルドと結ばれるには障害が多すぎた。

しかし今回コルネリアス家に二人の嫡子《ちゃくし》が誕生したばかりか、シルク自身がそうした障害を乗り越えてバルドの懐に飛び込んでいったことに、レイチェルは衝撃を受けていた。

ふと思いつき、鏡の前で色っぽいポーズなどを取ってみて、レイチェルは人知れず赤面する。

こんなところをバルドに見られたら、恥ずかしすぎて死んでしまいそうであった。

「……姉さま、ドレスならともかく、さすがに下着姿はやりすぎかと」

「きゃあああああああああああああああ！！！」

誰も見ていないと信じきっていたところに、突然妹のマーガレットから声をかけられ、レイチェルは悲鳴を上げた。

「見た？　見てたの？　いつから？」

「姉さまが前かがみになって、胸を突き出したあたりかしら」

「いやあああああああああああっ！　お願いだから忘れて！」

耳をつんざくレイチェルの絶叫に、侍女たちがバタバタと足を鳴らして慌ただしくドアをノックする。

「殿下！　どうかなさいましたか？」

「な、なんでもないわっ！　下がりなさい！」

「し、しかし先ほどの悲鳴は……」

「マーガレットにからかわれただけよ！　いいから下がりなさい！」

いまだ下着姿のレイチェルは、なお気遣わしげな侍女たちを強引に退散させた。下着やドレスが所せましと散乱した部屋を見られるのが、たまらなく恥ずかしかった。

「……それにしても、黒、ですか……」

「お願いだから放っておいて！」

なんと言うか単純に、勝負下着だったら黒だろう、と考えたレイチェルだった。

「似合ってます、似合ってますけど、姉さまはパーティーでバルド様をどうするつもりなんですか？」

「見えないところからこだわると、内側からにじみ出る色気が違うってお母様が……」

その答えを聞き、マーガレットは頭を抱えたくなった。

お母様、あなたは娘に何を教えているのですか。まあ今の姉を見ていると、かまいたくなる気持ちはわからないでもないけれど。

「今夜は各国からゲストをお呼びしているのですから、くれぐれも暴走はなさらないでくださいね」

「わ、わかってるわよ！」

ぷっくりと頬を膨《ふく》らませながら、レイチェルは手早く普段着を身につけていく。

妹相手とはいえ、下着姿で言葉を交わすのは恥ずかしいものがある。しかし不満げなのもそこまでだった。

「――姉さま、またウェストが引き締まりましたね」

「うふふ……わかる？」

マーガレットに努力の証《あかし》を指摘され、レイチェルは満足そうに胸を張る。

食事を節制し、母に教えられた体操を続けた頑張りは、確かにレイチェルのプロポーションに結実した。

よくもまあ変われば変わるものだ、とマーガレットは思う。

ここまであけすけな好意を見せつけられては、略奪婚《りゃくだつこん》も視野に入れていたマーガレットも考え直さざるを得ない。

王族の婚姻は十中八九政略的なものだが、乙女の夢を叶えそうな姉が少しうらやましかった。

父の血を強く引いたマーガレットは、レイチェルほど男と女の仲に夢を抱いていない。

「それにしてもバルド様には驚きましたね。まさかこんなに早く、姉さまと釣り合いが取れるようになるとは思いませんでした」

アントリム子爵として結果を出すまで最低二年は必要で、そうなるとレイチェルが二十歳を超えるのは確実だと思っていた。

レイチェルは自分が褒《ほ》められたかのように目を細め、明るい笑顔を見せた。

「すごいのよ！　本当に！　彼はマウリシア王国の英雄よ！」

女性なら誰しもが白馬の王子を夢見るものであろう。

命の恩人にして、宿敵ハウレリア王国を倒した英雄が自分の好きな男性であるとなれば、はしゃぎたくなる気持ちもわからなくはない。

「姉さまの気持ちもわかるけど、まずはバルド様の心を掴まないとね」

「はうっ……」

痛いところを突かれたレイチェルは途端に弱気になって涙ぐむ。

正直なところシルクの捨て身の行動は、レイチェルにとって非常に大きな重圧《プレッシャー》であった。

王族であり、戦場の心得のないレイチェルは待つしか術《すべ》がなかったとはいえ、どこか女として負けた気がしてしまうのである。

また、セイルーンやセリーナのような平民と違い、シルクとレイチェルを二人とも娶《めと》ることは慣例的にも難しかった。

まさかランドルフ侯爵家の一人娘が、あんな無謀な行動に出るとは――。

「ほらほら泣かないの！　姉さまにはまだまだ難関が控えてるんだからね！　このくらいでへこたれてる暇はないのよ！」

どちらが姉かわからないなと思いながら、マーガレットは目を潤ませたレイチェルの頭を優しく撫でた。

マーガレットの言うとおり、レイチェルとバルドが結ばれるためには、シルク同様に解決しなければならない事柄が多い。

バルドは確かに前代未聞の戦果を挙げたが、それだけにどう評価するかについてはなお議論があった。

少なくともレイチェルを降嫁《こうか》させるほどの功績ではない、と考える者も、保守的な貴族を中心に多いのである。

「ふう……ベアトリス姉さまなら、たとえどんな手段を使っても自分の意思を貫《つらぬ》くのでしょうけれど」

長女ベアトリスの熾烈な宮廷工作を思い出して、レイチェルは力のない笑みを浮かべた。

あの姉と同じだけの謀略《ぼうりゃく》を自分ができるとも思えなかった。

四年前、マウリシア王国第一王女ベアトリスには二つの縁談が用意されていた。

ひとつは北方の軍事大国ノルトランド、そしてもうひとつは大陸でもっとも強大な、統一王朝の後継者とされるアンサラー王国であった。

国家としての格も影響力も、アンサラー王国が上回るのは衆目《しゅうもく》の一致するところである。マウリシア王国としても、誼《よし》みを通じる旨みはどちらが上かと言われれば、広い国土と商業圏を誇るアンサラー王国のほうだった。

ところが、である。

どんな伝手《つて》を使ったものか、ノルトランド帝国皇太子グスタフと文《ふみ》を交わしたベアトリスは敢然《かんぜん》として宮廷工作に乗り出す。

まずベアトリスは、対トリストヴィー政策でアンサラー王国と対立するランドルフ侯爵家と、亡命トリストヴィー貴族を取り込むことに成功した。

背後から内乱を煽《あお》るアンサラー王国の政策は、祖国奪還を目指す彼らにとって目の上の瘤《こぶ》であった。

そして、ノルトランド帝国の鉱物資源の利用に積極的であった宰相のハロルドを味方に引き入れたことで、大勢は決した。

ベアトリスは自らの意思と、政治力によって意中の人と結ばれたのだ。

娘を送り出すときのウェルキンの引き攣《つ》った笑みを、レイチェルは昨日のことのように覚えていた。あれと同じことを自分に求められても困る。

果たして自分には、バルドと結ばれるためにいったい何ができるのだろうか。

そんな静寂の時間を侍女の控えめなノックの音が破った。

「レイチェル殿下、オーガスト・リッチモンド男爵がご機嫌伺いにと参っておりますが……」

盛大にレイチェルは顔を顰《しか》める。

考えうるかぎり、今一番顔を合わせたくない男であった。

「――庭園でお待ちいただきなさい」


いささか地味で、好みではない衣装を身にまとったレイチェルは、庭園の椅子に腰かけて悠然《ゆうぜん》とお茶を楽しむオーガストに声をかけた。

「お待たせしました、オーガスト様。今日はどういったご用件かしら？」

「大した用事はございませんが、強《し》いて言えば、殿下のご尊顔《そんがん》を拝見したかったのです」

くだらないことで来てんじゃないわよ！　とは言えずに、レイチェルは曖昧《あいまい》に笑みを浮かべて流した。

オーガスト・リッチモンドは十大貴族の雄、アドルフ・リッチモンドの長男であり、未来のリッチモンド家を背負って立つ男である。

だからこそレイチェルも無下《むげ》な扱いはできなかった。

「また美しさに磨きがかかっておられる。これは私も自惚《うぬぼ》れてよろしいのでしょうか？」

レイチェルはオーガストの真意を察しつつも気づかぬ振りで答える。

「何のことでしょう？　ああ、久しぶりにベアトリス姉さまにお会いできるので、私もうかれてしまったかしら？」

（冗談《じょうだん》じゃないわ！　私が綺麗になっているとすれば、それはバルド様のためよ！）

間違ってもオーガストに褒めてもらうためではない。

「ベアトリス様も久しぶりの里帰りですな。どうかレイチェル殿下はこの国をお出になさらないでください。この国のかけがえのない華が失われてしまう」

「うふふ……でも、姉さまにはいつも惚気話《のろけ》ばかりされてますのよ？」

言外に外国に嫁ぐのも悪い選択肢ではない、と匂わせたのは、オーガストに脈がないことをわからせるためだ。

しかしその程度で諦めるほどオーガストも単純な男ではない。

「どこぞの王族など、心の奥では何を考えているかわかりませんよ？　他国の姫を相手に遊ぶわけには参りませんし」

サンファン王国の故アブレーゴ王子は、婚約者であるレイチェルに隠れて、多情にも女遊びを繰り返していた。

なるほど確かにそうかもしれないが、その言葉はアブレーゴとの婚約が決まる前に言って欲しかった。

今さら言われても、何ひとつレイチェルの胸には響かない。

そんなものより、流行病《はやりやまい》で死の淵《ふち》にあったとき、バルドが「絶対にあなたを助けます」と言ってくれたことのほうが、万言《まんげん》に勝《まさ》る殺し文句であった。

「殿方は誰しも、そう思っているのではなくて？」

バルドの周りに群がる美少女たちを思い出して、レイチェルはわずかにいらだった声を出した。

迂闊にも地雷を踏んだか、とオーガストは慌てて弁解する。

「とんでもないっ！　このオーガスト、たった一人の女性以外は誰も目に入りなどしません！」

「あら、オーガスト様を責めているのではなくてよ？　側室の一人もいない殿方などいないことぐらいわかっています」

イグニスとマゴットは貴重な例外であって、通常、貴族は正室以外に数人の側室を置く。何よりも家系を存続させることが優先されるからだ。

特に、戦役で数々の名家が断絶してからはその傾向は強まった。

「し、しかし、私はできれば一人の女性を愛し続けたいと思います」

「そう、オーガスト様はロマンチストでいらっしゃるのね」

嫣然《えんぜん》と微笑むレイチェルに対し、勝手が悪そうにオーガストは乾《かわ》いた笑みを浮かべる。

これではどちらが年上かわからなくなりそうだった。

決して女性経験が少ないわけではないが、公爵家の嫡子であるオーガストは自分より身分の高い女性との接触が皆無に等しい。

日頃は上の立場から、家柄や財産を背景に押しの姿勢で女性と接しているため、一切誘いに乗ろうとしないレイチェルにオーガストはいらだちを募《つの》らせていった。

「……急に押し掛けてしまい申し訳ありませんでした。今宵《こよい》の祝勝会を楽しみにしております。どうかその折りは一曲お相手のほどを」

「もちろんでございますわ」

去り際にオーガストが、慇懃《いんぎん》にレイチェルの手の甲にキスを落とす。

しかしレイチェルは微塵《みじん》の動揺も見せず、それが悔しいオーガストは意趣返しにこう告げた。

「そう言えば、ランドルフ家の御令嬢がアントリムの英雄殿に御執心だとか。私もあやかりたいものですな」

心臓に錐《きり》を撃ち込まれたようにレイチェルは感じたが、驚くべき自制心で一切の反応を隠した。

動揺をオーガストに見透かされるのはあまりに業腹《ごうはら》であったからだ。

「では後刻《ごこく》、祝勝会にて」


「全く厄介な女だ。嫁《い》き遅《おく》れの出戻りのくせに」

体《てい》よく追い出されてしまったオーガストは、レイチェルの頑なな反応にいら立ちを隠さなかった。

オーガスト自身は、今さら出戻りの第二王女を娶ってもさしたる恩恵はないと思っている。むしろ王族として遇《ぐう》さなければならない分、負担と気苦労ばかりが増えるだろう。

父から命令されなければ、近づきたくもない相手であった。

それもこれも奴の――。

「英雄などこの国にはいらぬ。とっとと身の程を知って消えてしまえばよいのだ」

国が乱れるとき、英雄が現れるという。

ようやく成熟《せいじゅく》しつつある官僚組織の中で、明日の王国を担わんとする若い人材にとって、ポッと出の英雄などただの邪魔者でしかありえなかった。


アンサラー王国。

統一王朝の正統な後継を自認し、大陸で最大の国土、人口、戦力を有する、最強の名に相応しい国家である。

養子に王子を押し込んだネドラス王国とテネドラ大公国は実質的な属国であり、その権勢に比類するものなしと謳《うた》われる。

しかしいつの間にか世界は様相を変えつつあることを、アンサラー王国国王、アレクセイ三世は正確に洞察《どうさつ》していた。

「まさかハウレリアがここまで手もなく負けるとはな」

よほど致命的な失策がないかぎり、国家間戦争は消耗戦《しょうもうせん》になってしまうものだ。

大国であるマウリシアとハウレリアが戦争で国力を衰退《すいたい》させることは、アンサラー王国の国益に適《かな》うはずだった。

ところがふたを開けてみれば、ハウレリアはアントリムなどという取るに足らぬ小領主に完敗を喫《きっ》し、実質的にマウリシアの属国に成り下がった。

さらにこの勝利に貢献したサンファン王国との軍事同盟が、トリストヴィーに及ぶようなことがあれば、大陸最強の名はマウリシアのものとなる。

大陸の北西一帯を支配する統一王朝の後継者として、それを容認することは絶対にできなかった。

「このところのサンファン王国の海軍増強にも、マウリシアが一枚噛《か》んでいるとのこと。いささか困ったことになりましたな」

そう言ったのは、アレクセイの息子である王太子ピョートルである。

海軍力でもアンサラー王国は大陸最強を自認してはいたが、トリストヴィー以東まで影響力を行使できるほどではない。

サンファン王国とマジョルカ王国が結集し、南洋で戦うことになった場合、遠く遠征しなければならないアンサラー王国海軍が勝利する可能性は小さいだろう。

突出した戦力を背景に、大陸全土に政治的影響力を行使してきたアンサラー王国にとって見過ごせない事態であると言えた。

「トリストヴィーをマウリシアに渡すわけにはいかん」

比率的には縮まったとはいえ、トリストヴィーさえ奪われなければアンサラー王国の優位は動かない。

ではいかにしてマウリシアをトリストヴィーから排除するか。

「いっそ先に軍を出して占領しますか？」

「名分《めいぶん》がない。旨みより失うものが大きすぎるわ」

泥沼の内戦を続けているトリストヴィーを占領することは、実はそれほど難しくない。

しかし敵味方も定かならない、収拾のつかないカオスに手を突っ込めば、大怪我をするのが道理。

ほぼ国を乗っ取った形になるネドラス王国ですら、地下組織によるテロが横行しているのだ。治世が落ち着くまで時間と労力がかかることを、アレクセイは経験的に承知していた。

「ならばやはり、マウリシアから名分を取り上げるしかありませんね」

父が否定するのをわかっていたように、ピョートルは滔々《とうとう》と言った。

「ふん、知っておったか」

「宰相の手の者が、トリストヴィーの大公に接触している程度は」

アンサラー王国は大陸最強の国家である。当然、その支配者である国王もまた最強の存在でなくてはならない。

アレクセイは正しく自分の血が、息子ピョートルに受け継がれていることに満足した。

「そう容易くトリストヴィーを渡しはせんよ……しかし気になるのは……」

「アントリム子爵、ですね」

「うむ……あの男さえいなければ、ハウレリアとの戦役は両国の痛み分け――余の思い通りになっていたはずだからの。油断はできんて」

両国に気づかれてはいないが、マウリシアとハウレリアで多くの貴族が戦争に積極的であった背景には、アンサラー王国が密かに後押ししていたという事情がある。

疲弊《ひへい》した両国に仲裁の名目で恩を売りつけ、将来的にはトリストヴィーの併合《へいごう》も視野に入れ、政治的優位に立つのが目的であった。

こうした工作は、大国であればどこでもやっている無数の計画のひとつにすぎないが、想定とまったく逆の事態になってしまった。

「この男に関してはおとぎ話のような噂しか聞こえてこん。正確な情報を掴まなくては判断を誤るでな」

「果たしてそうでしょうか？　父上」

ピョートルは自分の配下から上がってくる情報と、父の持つ情報が全く違っていないことに疑念を抱いていた。

「もしかしたら噂こそが真実であるのかもしれません。というよりここまで情報が入ってこないとなると、その可能性のほうが高いかと」

「するとお前は、数万人を業火《ごうか》に焼いたり、山ひとつ崩して生き埋めにしたのが事実であると？」

「方法はともかく、そうした事象はあったのでしょう」

何よりそういった情報は、勝利したマウリシアだけではなく、ハウレリアからも届いているのだ。とするならば、まずは事実として受け止め、その対策を考えるのが理性的な考え方であろう。

「――面白くない。実に面白くない話だな」

不満気にアレクセイは鼻を鳴らした。

辺境の、取るに足らぬ少年と言っていい一人の男が、大陸最強の王を悩ませている。

そんな馬鹿な話があってよいものか。

「しかし打つ手がないわけではありません。私が危惧《きぐ》するのは、アントリム子爵の力がマウリシアの力となることです」

不可思議な力がバルド一人のものであれば、対策はいくらでも立てられる。

それがバルドの手から離れ、マウリシア全体に波及することが何より恐ろしかった。

「なるほど、敵の敵は味方、か」

「まずは奴の敵を増やすことこそ肝要《かんよう》かと」

あまりに手柄を立てすぎた英雄が忌避《きひ》され、味方に足を引っ張られるのはよくある話である。

そして英雄の最期が往々《おうおう》にして幸福な結末とならぬことを、二人は為政者《いせいしゃ》としてよく熟知していた。

百獣の王である獅子《しし》も、毒蛇《どくじゃ》の一噛みには為す術がないのだ。

久しぶりの王都キャメロンは、式典の楽隊や護衛の兵士、そして各国からの招待客で空前の活《かっ》況《きょう》を呈《てい》していた。

どこか浮かれたような明るい空気に、思わずバルドは目を細める。

「まるでお祭りだな」

「そのくらい、みんなハウレリアには脅《きょう》威《い》を感じていたのですわ」

アガサは諭《さと》すようにバルドに言った。大国間の戦争となれば、平民もまた徴兵され被害を出さずにはいられないからだ。

自分がどれほど現実離れしたことをやってのけたのか、バルドには自覚が足りないとアガサは思う。


先日、アガサの実家であるマイルトン准男爵《じゅんだんしゃく》家から、恥も外聞もない救いを求める使者があった。

一度追い出したアガサにマイルトン家の相続権を認める。

いくらでも謝罪するし、必要なら家宰《かさい》の全権を与える。

だからなんとか国王陛下に取り成してくれ。自分がボーフォート公派閥とはなんら関わりないことを証言してくれ。

傲岸不遜《ごうがんふそん》の兄へインらしからぬ、悲鳴のような哀訴《あいそ》であった。

使者に聞いたところ、すでに屋敷以外の所領は借金で差し押さえられており、家財を売り払って困窮《こんきゅう》を凌《しの》いでいるという。

家人もほとんどが暇《いとま》をもらい、残されたのは長年執事を務めてきた彼だけであるようだ。

どの面《つら》を下げてそんなおこがましいことを言うのか、とアガサは一蹴しようとした。しかしそれを止めたのがバルドであった。

「家宰ではなく家督《かとく》を譲るなら、生活に困らないだけの資金を差し上げましょう」

「ご当主様！　そんなことしてやる義理はありませんわ！」

知らずのうちにとはいえ、マイルトン家がアントリム家を陥《おとしい》れようとしたことは歴然たる事実である。

なぜわざわざ助けなければならないのか、アガサには理解できない。

「敵対した貴族に遺恨《いこん》ありと思われたくない。これはちょうどいい宣伝材料になると思うよ」

自分の立てた手柄が大きすぎることをバルドは理解していた。

英雄は謙虚《けんきょ》でなくては敵を作りすぎる。

縁を切ったとはいえ婚約者の実家に何も手を差し伸べなかったと知れば、戦役で消極的に対立した貴族たちはバルドに怯《おび》え、あるいは敵視するだろう。

また、いずれ生まれるであろうアガサとの子のために、マイルトン家の家名を得ておくのも悪い選択肢ではなかった。

「ただこれ以上譲歩するつもりはないと、よく伝えておいてくれ」

「子爵様のお慈悲《じひ》に深く感謝申し上げます」

そう言ってマイルトン家の執事は深々と頭を下げた。

どんな思惑があったとしても、バルドの提案は破滅を目前にしたマイルトン家にとって福音《ふくいん》以外の何物でもなかったからである。

その後ヘインは当主の地位を譲れという提案に激怒したが、背に腹は代えられなかった。

借金を返せる当てはなく、領地から挙がる収益は差し押さえられ、騎士であったころの年金のみが生活の糧《かて》である。

しかし騎士の年金は微々たるもので、それなりに大きな屋敷を維持していくには到底足りない。

貴族社会でも孤立したヘインは、結局バルドの提案を呑む以外に手がないことを悟った。

こうしてアガサは、マイルトン准女男爵の名を継いだのであった。

キャメロンの街の喧騒《けんそう》の中でもひと際大きな人混みを見つけて、バルドは困ったように苦笑した。

「人気が出てるとは聞いてたけど、まさかこれほどとはなあ……」

白樺《しらかば》と花で飾られた瀟洒《しょうしゃ》な看板が目を引く、早くも三号店をオープンさせた『こげ茶亭』本店の姿がそこにあった。

安価な砂糖を利用し、バルドが用意したカステラやマヨネーズなどのレシピが話題を呼んだこげ茶亭は、今やパティシエであるタイロンの天才的な腕前と相まって、遠くサンファン王国にまで出店するチェーン店を形成しつつあった。

さらにこのところ、キャメロンで大きな話題を呼んでいるのが、蜂蜜料理である。

蜂蜜はサトウキビのように栽培できない分、砂糖よりもさらに高級品として知られていた。

その蜂蜜がふんだんに使われた、パウンドケーキや紅茶などが安価に楽しめるとあって、マウリシア全土から客が集まっているのが現状である。アントリムでひとまず実験に成功した養蜂《ようほう》の収穫品をこげ茶亭に卸《おろ》したバルドとしても、予想外の反響だった。

蜂蜜は自然界でもっとも甘いと言われ、甘味《かんみ》の王とも呼ばれる。

地球における人類の歴史で蜂蜜は非常に古くから登場するものの、養蜂の技術が生まれたのはかなり遅く、十九世紀も末になってからである。

それまでは巣を破壊する以外に採蜜方法がなかったため、継続的にミツバチを飼育するのは不可能と考えられていた。

十九世紀末、可動式巣枠を備えた巣箱を開発し、近代養蜂を確立したのがアメリカのロレンゾ・ラングストロスで、基本的に養蜂の手法はその後も変わらずに続いている。

ミツバチには一カ所に集中して蜜を集める習性があるため、特定の花の蜜に限定することもできる。レンゲソウとクローバーから採集されたアントリム特産蜂蜜は、大好評をもって迎えられた。

この分では、来年はさらに増産を指示しなくてはならないだろう。

「――アントリム子爵様でいらっしゃいますか？」

こげ茶色のエプロンドレスに、白と赤のラインでアクセントを足した制服を身に着けた少女が、おそるおそる声をかけてきた。

どうやら先ほどからずっと、バルドたちの到着を待っていたらしい。

金髪のボブカットに純白のカチューシャがよく似合う、目鼻立ちの整った美少女である。

セイルーンがいれば、対抗心を抱いたかもしれない。

「ああ、随分繁盛《はんじょう》しているね」

「はいっ！　こげ茶亭はいつも満員御礼ですっ！」

少女はうれしそうに、まるで我がことのように両拳を握って力説する。思わず頭を撫でてあげたくなる可愛らしさであった。

きっと店の看板娘に違いあるまい。

「こちらの通用口からお入りになってください。親方が昨日からお待ちですので」

少女は店の人間が出入りする通用口にバルドたちを案内すると、思い出したように苦笑した。

「どうしたの？」

「いえ、いつも厳しい親方がすごく緊張して、うれしそうにソワソワしてるものですから……申し遅れましたが、わたしブレンダといいます。どうぞよろしくお願いします」

　花が咲くようにブレンダは微笑んだ。

「……また暴走して、お客さんに迷惑かけなきゃいいけど」

　オーナー特権で、バルドたちは長蛇の列を作る一般客をよそに、厨房《ちゅうぼう》の奥にあるタイロンの私室に通された。

「お待ちしておりましたぞ！　バルド様！」

　恰幅《かっぷく》の良い長身をくの字に折り曲げて、タイロンは涙ながらにバルドの手を取る。

　相変わらず大袈裟《おおげさ》な、バルドに対する崇拝《すうはい》ぶりは健在だった。

「すごい人気ぶりだね。今度はノルトランドからも出店の要請があったそうじゃないか」

「おかげさまで。これからもっと、弟子の尻を叩かなくてはなりませんな！」

　まんざらでもなさそうにタイロンは鼻をひくつかせた。

　少なくとも、バルドの料理アイデアを正確に生かすことに関して、自分以上の人材はいないという自負があるのだ。

「それにしても、あれほど良質の蜂蜜を安く生産するとは。このタイロン、またバルド様に目を見開かされた思いでございますぞ！」

　今にも抱きついてきそうなおっさんのタイロンに、若干引き気味にバルドは苦笑した。

「まだ実験の段階だけど、量を確保する目途はついた。ところで、先日親方にお願いしてたことなんだけど……」

我が意を得たり、とばかりにタイロンは胸を反らして頷く。

「なにぶん初めてのことですので、出来栄《できば》えに満足してはおりませんが……驚嘆《きょうたん》に値することは保証いたします」

これまで何度もバルドには驚かされてきたが、今回ほど胸を打たれたことはない。

まさにパティシエ冥利《みょうり》に尽きると、タイロンは我が身の幸運を神に感謝していた。

「どうぞご覧ください。我が渾身《こんしん》の糖菓《とうか》、パスティヤージュを！」

キャメロンの宮廷で開かれる祝勝の晩餐会《ばんさんかい》は、勢いに乗るマウリシア王国を象徴するかのように、盛大な準備が整えられた。

当日は大量の酒と食事が無料で国民に振る舞われたが、その程度の出費をものともしない国力がマウリシアにはある。

街角の広場には全国から集められた吟遊詩人が、たて琴《ごと》を手にアントリムの勝利の詩を謡《うた》い、紡《つむ》ぎ出される英雄の叙事詩《じょじし》に民たちは酔った。

「そんな都合のいい英雄じゃないよ……」

まるで神がもたらした無謬《むびゅう》の使者のような英雄譚に、バルドは気恥ずかしさしか感じなかった。

あの戦いは敵味方ともに錯誤《さくご》の連続で、もしも敵の混乱がなかったなら間違いなく敗北していた自信がある。

極端な話、前世の知識がなければバルドはただの小領主にすぎないのだ。

「いいえ、バルド様は間違いなく英雄ですわ」

妖艶《ようえん》に微笑むアガサは紅いドレスに身を包んでいる。

重量感のある胸部分が大きく開いた煽情《せんじょう》的なデザインだが、白のフリルがふんだんにあしらわれており、アガサの小さな身長とも相まって、むしろ可愛らしさが強調されていた。

その深い胸の谷間への未練《みれん》を断ち切って、バルドは視線を逸らす。

そんなバルドの葛藤《かっとう》を見て取り、アガサは女としてのプライドが満たされていくのを感じた。

「英雄というものは本人が名乗るのではなく、周囲が勝手に生み出すものですわ。本当にそうであったかどうかは問題ではないのです」

どんなに見苦しくても、本音ではずっと誰かに助けを求めていても、ついに勝利をもたらした若者に庶民は英雄の幻《まぼろし》を見たのだろう。

「それに、うちらを守ろうとしてくれたバルドは格好よかったでえ？　それで十分やろ？」

「あら、セリーナさんにいいところを持っていかれましたわ」

セリーナとアガサは顔を見合わせクスクスと笑った。

女傑《じょけつ》気質で気が合うのか、彼女らは最近、とみに仲が良くなっていた。

嫁同士の仲が良いのはいいことだが、この二人が手を組むと恐ろしいことを考えそうだ、とバルドは思う。

その点、セイルーンはなんの力も持たない少女なので、心配は少ない。もっともバルドの過去を知り尽くしているので、別の意味で恐ろしくはあるが。


「バルド・アントリム・コルネリアスだ。連れは婚約者が二人」

「陛下より指示を賜《たまわ》っております。どうぞお通りを」

城門の衛士《えいし》に顔を見せると、緊張した面持ちで最敬礼をされた。

どうやら英雄の噂は街だけではなく王宮にまで広まっているらしい。

これはウェルキンがしたり顔でいじり倒してくるだろうと、バルドは頭を抱えたくなった。

城門から右手に入ると、そこは馬車を預ける広場になっており、すでに何十台もの馬車が列を成している。

そこに見知った顔を見つけ、バルドは表情を輝かせた。

「ホセ殿、ロドリゲス殿！　お久しぶりです！」

「やあ、バルド殿。過日は世話になったね」

にこやかに喜びを露わにするホセとは対照的に、ロドリゲスはいかにもしまった、とでもいうように右手で顔を覆う。

「どうかしましたか？」

「すまん、バルド殿。フランコ殿下とテレサ殿下から、くれぐれもすまないと伝えてくれ、と」

「はいっ？」

それはどういうことか尋ねようとしたそのときである。

「バルド！　会いたかったぜ！」

「なあっ⁉　ウラカ！」

一瞬の隙を突かれ、背後からウラカに抱きつかれたバルドは慌てた。

ここはサンファン王国ではなく、しかもすぐそこにはセリーナとアガサがいるのだ。

案の定、恐る恐る振り返った先では、セリーナとアガサの眉《まゆ》がこれでもかと言うくらいに釣り上がっていた。

「言いわけがあるなら聞くで？」

「どっちにしても許しませんが」

「いや、そこは許してよ！」

そんなバルドの苦境をよそに、ウラカはバルドの腕をその豊かな胸に抱え込む。

セリーナもアガサも十分巨乳と言えるが、ウラカの長身と鍛え上げられた張りのある巨乳には及ばない。大柄な分、肉厚と張りが半端ないのだ。

お互いの戦力を読み合い、ウラカとセリーナたちはバルドを挟んで睨み合った。

しかし、その拮抗《きっこう》はほんのわずかな時間であった。

不敵に嗤《わら》うウラカはバルドの腕を解放して、傲然《ごうぜん》と胸を反らす。

「――晩餐会の準備もあるし、ここは引いとくよ」

「えっ？」

予想外のウラカの物分かりのよさに、バルドばかりかロドリゲスまでもが驚きの声を上げた。

「何？　あたしがそんなにわがままな女に見える？」

（呼ばれてもないのにマウリシアまでついてきて、わがままじゃないというのか？）

ロドリゲスは危うく突っ込みそうになったが、かろうじて呑み込む。

実のところ、ウラカ自身も自分の気持ちの淡白さに驚いていた。

（バルド――少し変わったのか？）

祖父に対する偏愛《へんあい》からジジコンとなったウラカは、バルドの変化を本能的に察していた。

アントリムの戦争が終わってから、バルドの中の左内は一度も目覚めようとはしなかった。

そのうち戦好きの血が騒いで目覚めるかもしれないが、この世界に自分の戦場はないと、本当の意味で自覚した以上、左内とウラカが再会する可能性は低いかもしれない。

とはいえ、左内の知識と経験は確かにバルドに受け継がれている。その程度でウラカのバルドに対する興味が失われるはずもなかった。

「ああ、バルド殿、卿《けい》が言っていた貝らしきものを見つけたから、折りを見てサンファンに来てほしいね」

「――そうですか。それは早いうちに伺いたいですね」

「フランコ殿下も、非常に興味を示しておられる――バルド殿が我が国の臣でないことが残念でならないよ」

バルドがフランコを通してホセに調査を依頼していたものは、白蝶貝《しろちょうがい》である。

日本では一般にアコヤ貝が使われているが、大きさも十分で成長が早い白蝶貝は、オーストラリアなどで真珠養殖《しんじゅようしょく》に用いられる。

要するに、バルドは真珠の養殖を提案したのである。

真珠は地球でも人気の宝石であるが、ダイヤやルビーと違い、時間の経過とともに酸化して光沢《こうたく》を失うという特徴がある。

すなわち、買い換えという需要があるところが非常に魅力的であった。

もしも養殖が順調に成功するならば、それは小国の国家予算並みの市場規模になるだろう。

フランコが期待をかけるのも当然で、下手をすれば国家戦略にすら影響を与えかねない話であった。

「羅針盤《らしんばん》装備の外洋船も、南洋に試験航海を始めてるよ。もう少し若ければ私も行きたかったね」

「いくらなんでも軍務卿には無理でしょう」

「これでも根は船乗りだから、陸《おか》で書類に囲まれるほうが苦痛だよ」

からからとホセは明るく笑った。

「卿は部下に押しつけて逃げてばかりだと聞いたが」

ロドリゲスは馬車旅の最中に見捨てられた意趣返しとばかりにホセをなじるが、当の本人は気にする様子もない。

「せっかく出世したのですから、その程度のことは許してください」

かつて「レパントの悪魔《あくま》」と恐れられた男が、今では「逃げのホセ」などという不名誉な渾名《あだな》をつけられていた。それでも部下たちは、彼がいざというときにどれだけ頼りになるかをよく知っている。

これがホセなりの統率の仕方なのかもしれない。


「これはこれは、英雄のお出ましか」

いささか棘《とげ》のある声とともに、広場に一人の青年が現れたのはそのときであった。

「お初にお目にかかる。オーガスト・リッチモンドだ。お見知りおき願いたい」

「――バルド・アントリム・コルネリアスです。こちらこそ」

あまり友好的ではない雰囲気を感じて、バルドは警戒を強める。

戦役が終わり、擦り寄ってくる者も多いが、敵意を抱く者も多いことはよく承知していた。

「卿の勝利には感嘆の念を禁じ得ないよ。まさに物語の勇者のごとき壮挙《そうきょ》と言うべきかな」

「いえ、私一人にできることなどたかが知れておりますよ」

すると、我が意を得たり、とばかりにオーガストは口端を釣り上げて手を打った。

「英雄にして驚くべきご卓見。そのとおり、英雄といえど一人の人間であり、一人のできることには自ずと限界がある」

英雄が果断な決断を下し、劇的に世界が変わるような事態が頻繁《ひんぱん》にあってはたまらない。

日常に英雄は不要であり、日々の業務を黙々とこなす組織力こそが国を動かしていく原動力となる。すなわち、マウリシアのこれからを運営していくのはオーガストたち官僚貴族であるべきなのだ。

「賢明《けんめい》な卿のことだ。自らの身の処し方くらいはわかっているだろう？」

言葉にはしないが、身に過ぎた栄誉は辞退せよ、とオーガストが要求しているのは明らかだった。

オーガストが探りたいのはバルドの野心である。

あれほどの功績を挙げた人間が本気で野望を追求すれば、いくらでも高みを目指すことができるだろう。

しかし辺境の田舎領主は、得てして権力闘争に満ちた宮廷を敬遠するものだ。宮廷での複雑な権力闘争に、田舎の素人は決して対抗できないことを彼ら自身が知っている。

バルドが若さゆえに自分の力を過信していなければ、栄達を辞退する可能性は十分にあった。

「――要するにあれか？　バルドが出世するのが気に入らないわけだな？」

突然口を挟んだウラカのあまりにも身も蓋もない言い様に、オーガストは耳を疑った。

そして次の瞬間には、身を焼くような怒りがオーガストの脳を支配する。

ウラカの言葉は、一番触れてほしくない急所を端的に捉えていた。

「リッチモンド家嫡子たる私を愚弄《ぐろう》するかっ！」

しかしマウリシア王国に冠たる十大貴族のリッチモンド公爵家も、南の海を住処《すみか》とするマジョルカ王国のウラカにとっては何ら気にすべき存在ではない。

「悪いが聞いたこともないな。そんなことより信賞必罰《しんしょうひつばつ》は国家の依《よ》って立つところだぞ？　まして貴様が恣意《しい》的に動かそうとするのは増長も甚《はなは》だしかろう？」

「……言わせておけば……！」

オーガストがウラカに掴みかかろうとするのを、バルドはあっさりその肩口を押さえ込み止めた。

万が一にもオーガストに勝ち目がないことはわかっていたが、ここでウラカに暴力を振るわせることもためらわれたのである。別にオーガストの身を心配したわけではない。

「無礼にもほどがあるぞ！　バルド卿もただで済むとは思わぬことだ！」

「根本的な部分で誤解があるようだが、ただで済まぬのは貴殿のほうでしょう」

やれやれと呆れたように頭を掻きながらホセは嗤った。

しかしその瞳には軽い怒りと、軽蔑《けいべつ》がある。

「──なんだと？」

「申し遅れたが、私はホセ・リベリアーノ。サンファン王国で軍務卿を務めさせてもらっている。彼女はマジョルカ王国の海軍卿のウラカ・デ・パルマだ。マルマラ海で彼女の名を知らぬものは一人もいないよ。まあ、卿は知らぬようだが」

「サ、サンファン王国の──！」

オーガストは雷に撃たれたようにビクリと震えて絶句した。

まさかバルドと気安く談笑している人物が、他国の国賓《こくひん》だとは思わなかったのだ。

マウリシア国内では大概の無理が利くリッチモンド公爵家も、その権威は外国には及ばない。

外交問題にでも発展すればリッチモンド公爵家の失脚すらありえた。

機会さえあれば誰かに足を引っ張られるのは、リッチモンド公爵家といえど例外ではなかった。

「こ、これは知らずにご無礼を……。何とぞご容赦《ようしゃ》を賜りますよう！」

冷たい汗がオーガストの背中をぐっしょりと濡らした。

今回の戦役でサンファン王国には国土を横断させてもらい、補給の支援を受けた借りがある。

ホセがそれを盾にオーガストの処分を求めれば、ウェルキンも拒むことは難しいであろう。

国内ではそれなりに顔が広いが、他国の貴人にはほとんど面識がない。

名門官僚貴族オーガストの限界がそこにあった。

「ホセ殿、オーガスト殿は我が国の重鎮《じゅうちん》たるリッチモンド公爵家の嫡男。私からもどうかお慈悲のほどを」

「ほかならぬバルド殿のお言葉であれば」

オーガストはここぞとばかりに、深々とホセに頭を下げた。

「ご寛恕《かんじょ》に心より感謝申し上げます！　私の力が必要ならいつなりとお声をおかけください」

ホセが気が変わったりする前に、ここで手打ちを終わらせなくてはならない。

そんなオーガストの心理をホセは手に取るように理解していた。

「では、私の代わりにバルド殿の力になってやってください。それでお互いに遺恨なし、ということで」

人畜無害そうな邪気のないホセの笑みに、オーガストは内心で唾を吐きかけたい思いであった。

貴族社会でこうした貸し借りは馬鹿にできない重みがある。

ホセが意図してバルドに対する借りを作らせたことをオーガストは正確に洞察していた。

しかしこれを拒否するという選択肢はない。

断腸の思いで、オーガストはバルドに向かって頭を下げた。

「卿のおかげで大事にならずに済んだ。リッチモンド家の名に懸けてこの借りは忘れぬ」

ひと際豪奢《ごうしゃ》な馬車が王都キャメロンの外城門をくぐり抜けた。

ふんだんに金と銀が使われ、職人がその技術の全てを駆使したと思《おぼ》しき凝った象嵌《ぞうがん》は、見る者が見れば、目が飛び出るほどの贅《ぜい》を尽くした細工であるとわかっただろう。

大きくあしらわれた太陽と金獅子の紋章は、彼らがアンサラー王国の人間であることを告げていた。

「数年前に私が訪れたときより遥《はる》かに発展しておるようですな」

「……まるで過日のマルベリーを見るようです。うらやましいかぎりで」

窓から王都の喧騒を眺める二人の男は、にこやかな表情とは裏腹に、目だけは油断なく周囲を探っていた。

いささか頭頂部が禿《は》げ上がった壮年の男は気難しそうに腕を組む。

「ハウレリアとの戦いでほとんど国力を消耗しなかったせいもあるでしょうが……よほどの経済力がないとあの街並みは……これからこの力がどこに向かうか、まこと由々《ゆゆ》しき問題です」

マウリシア王国の仮想敵国は長年ハウレリア王国であり、軍事力もその警戒に当てられてきた。

その圧力が消失した以上、今度はトリストヴィー公国に矛先を向けるのではないか。

男はそう言っているのであった。

「マラート宰相閣下のおっしゃるとおりです。我が国の存続のために協力いただいたこと、決して忘れはしません」

「お気にめされるな。殿下が一刻も早く国王となるため、我々もさらなる助力を惜しみませぬ」

アンサラー王国宰相マラートは好々爺然《こうこうやぜん》とした邪気のない笑みを浮かべた。

目の前の若者は、マウリシア王国の出鼻をくじくべく連れてきた隠し札である。

ウェルキンは確かに油断ならない古狸ではあるが、マラートも化かし合いでは引けを取らない自信がある。

こうした駆け引きでは、心理的衝撃を与えたほうが有利に交渉を運べるのだ。

ふてぶてしいマラートの態度に勇気づけられたように、若者は落ち着きを取り戻した。

「――楽しみですな。あのマウリシア国王の慌てふためく様が」


「それで、英雄殿との会見の段取りはついたのか？」

グスタフは馬車に揺られながら、キャメロンに駐在するノルトランド帝国の外交官であるエッカルトに悠然と語りかけた。

「この式典の主役ですので単独の会見をねじ込むことは難しく……レイチェル殿下、マーガレット殿下と一緒にということに」

「気にするな。ベアトリスもちょうど妹に会えてうれしかろう」

そう言って笑うと、グスタフは外で油断なく周囲を警戒するエルンストに向かって身を乗り出した。

「エルンスト、お前もついてこい」

パーティーに出席するとなると、武装は解除し、礼服を身に着ける必要がある。

武装を解《と》かれるのは不本意ではあるが、主君の安全を守らなければならないエルンストに否やはなかった。

顔色ひとつ変えずにエルンストは頷く。

「仰《おお》せのままに」

「ふふ……ベアトリスがお前を貴公子のように飾り立てるのを楽しみにしていたぞ！　んっ？」

グスタフは訝《いぶか》しげに隣を通り過ぎる一台の馬車に視線を送った。そこにいるはずのない顔が乗っていた気がしたのである。

――もし彼が自分の知る人物であれば、いったいなぜアンサラー王国の馬車に同乗していたのだろうか？　果たしてアンサラー王国の狙いはなんだ？

「どうかなさいましたか？　殿下」

エルンストの問いかけを流してグスタフは幾通りかの想定を脳裏に描いたが、どう考えても厄介なことになりそうである。

事と次第によっては、ハウレリアとの戦役が終わったのも束の間、新たな戦乱が発生する可能性すらあった。

「まさかトリストヴィー公国公太子ベルナルディとアンサラー王国が手を組もうとは、な」

絢爛《けんらん》たる会場には、マウリシアの内外から集められた珍味や美酒が所狭しと並べられ、彩《いろど》りを添える花々はどれも極彩色《ごくさいしき》の鮮やかさと芳香《ほうこう》に満ちていた。

この一事をもってしても、マウリシアの国力が見て取れるだろう。

サンファン王国が持つ南洋航路でしか手に入らない果物、そしてアンサラー王国の特産品である豪華な花々。いずれも、資金と人脈と輸送手段に贅を尽くさなければならないものばかりだ。

一方で、参加した各国の要人も、ここぞとばかりに自国の富を見せつけている。

いわば国を挙げた自慢大会の様相を呈している感があった。

「これだけの出物は久しぶりに見るわね……」

薔薇《ばら》水に蜂蜜を加えた飲み物をグラスにとって、マウリシアからノルトランドに嫁《とつ》いだベアトリスは興味深そうに会場を眺めた。

もしかすると自分の結婚式を超える贅沢さかもしれない。

ハウレリア王国との長年の緊張関係は、それほど大きな負担であったと言えるだろう。

ベアトリスが一瞥《いちべつ》しただけでも、ノルトランド帝国やサンファン王国のみならず、アンサラー王国はもちろん、モルネア王国やケネストラード王国も参加しているようだ。

得意満面の父ウェルキンを想像して、ベアトリスはうんざりする思いに囚われた。

娘であっても、父のはた迷惑な無茶ぶりにはひどく神経を削られてきたのである。

宰相のハロルドは、よくも長年補佐し続けられるものだと感心せざるを得ない。

「バルド・アントリム・コルネリアス殿から献上品でございます。皆様、道をお空《あ》けください！」

そのとき、侍従たちが美声を張り上げ、大きな箱を持って現れた。

今さらなんだろう、とベアトリスは首を傾げる。

各国の要人が一堂に会したこのタイミングでの献上は、よほどインパクトのあるものでないかぎり、むしろ失笑を買うことになる。

すでにこの場には目を剥《む》くような高価な品々が所狭しと並んでいるのだから。

「おおっ！　待ちかねたぞ。余の前に早くもって参れ。列席の方々もよろしければ是非ご覧あれ！」

「ほう、最初から用意された趣向らしい」

楽しげにグスタフが笑う。

グスタフも妻ベアトリス同様、この状況で献上品を開陳《かいちん》するのは不利だと考えている。

ましてこう言ってはなんだが、たかが子爵の用意できるものなど、国家を代表する人間からすれば高が知れているのが普通である。

しかしあらゆる意味で、バルドは普通というカテゴリーに属する人間ではない。

「よし、開くがよい」

ウェルキンの命によって、直径二メートルを超えようという大きな箱の蓋が開けられた。

すると箱の平面がパタリパタリと倒れていき、その隠された中身が明らかとなった。

「……キャメロン城か?」

二メートル四方の、巨大なジオラマのようなキャメロン城。非常に精緻《せいち》な造りで、まるで本物のように、見る者を圧倒する迫力に満ちた力作であった。

白一色という点が派手さを損なっているが、それが逆に気品を与えているようにも思える。

とはいえ――。

「……確かに見事だが、それだけか?」

グスタフの感想は、その場にいた各国要人の共有するところであった。

これが黄金で出来ていたり、宝石で装飾されていれば、それが俗っぽい印象を与えるのはさておき、観衆は驚いたであろう。

アントリムの巨大な財力を披露《ひろう》する機会となったかもしれない。

だが、この小綺麗な城では期待していた観衆も興冷めというものである。

果たして歴戦の古狸たるウェルキンが、自らそんなものを紹介するだろうか。

グスタフとベアトリスは他国の人間よりウェルキンの性格を知悉《ちしつ》しているが、断じてそんな可愛らしい性格のはずがなかった。

「十分に目で楽しんだら、今度は舌で楽しむとよい。城は砂糖で、土台はケーキで出来ているゆえ」

「こ、これが砂糖？」

どよめきが会場全体に広まるまで、それほどの時間はかからなかった。

まさにウェルキンの企みどおり、サプライズを与えることに成功したのである。

招待された各国の要人はおろか、十大貴族をはじめとするマウリシアの貴族たちもあんぐりと口を開けて呆けているのを、ウェルキンは満足そうに眺めた。

真っ白な砂糖で作られることが多いパスティヤージュは、地球に古来からあった製菓技術のひとつであるが、細工菓子《ピエスモンテ》では王道中の王道である。

船や建造物をモチーフにした現在のパスティヤージュの原型は、およそ十六世紀にイタリアで発展した。以来、製菓技術においてパスティヤージュは常にその頂点に君臨《くんりん》し続けている。

織田信長《おだのぶなが》が口にしたこんぺいとうなどは、その製糖技術の賜物《たまもの》である。

この世界には、これまで食材の美観を整えることはあっても、食材そのものを美術品として使用する文化がなかったのだから、彼らの驚きも推《お》して知るべし。

しかも貴重品である砂糖が大量使用されていることも、十分驚嘆に値する話であった。

「なるほど、まさに思考の枠組みが違う」

グスタフはバルドの異形さを、そう正しく理解した。

やろうと思えば、おそらくノルトランド帝国でも同じことができるだろう。しかし、そもそも発想することが難しい。

この思考力こそが、ハウレリア王国を敗北せしめた一番の秘密に違いなかった。

そして、一同が衝撃からまだ立ち直っていないところを狙ったかのように会場の扉が開かれ、バルドがマティスやアルフォードとともに入場した。

「はるばるお越しいただいた方々にご紹介したい。彼らこそが我が国を勝利に導いた、戦役の英雄たちである！」

会場の視線が自分に集中するのを感じ取って、バルドは内心で嘆息した。

一介の子爵にすぎない身でこれほどの注目を浴びるのは、どうにも場違いな気がしたのである。

「下を向くな。今日の主役は貴様なのだぞ！」

憂鬱《ゆううつ》な気分に思わず視線が落ちかけたのを、小声でアルフォードが叱責した。

バルドを英雄として大々的に称揚《しょうよう》するのは、ウェルキンの国家戦略の柱ですらある。こんなところで水を差すわけにはいかないのだ。

目線だけでアルフォードに謝意を示しつつ、バルドはウェルキンの前へと進み出た。

「よく参ったアントリム子爵。卿が数十倍の敵を相手にこの国を守り抜いたこと、まさに貴族の誉《ほま》れである。卿なくば戦役はいまだ去らず、さらなる人命と経済の損失を招いたであろう。卿を臣下に持てたことを誇りに思うぞ」

「身に余るお言葉にございます」

大仰《おおぎょう》にウェルキンはバルドの肩を抱いて、その背中を優しく叩いた。

頭を下げることのできない国王の感謝の表現としては最上級のものであろう。

「卿の功績を称え、フォルカーク、ブラッドフォード、旧サヴォア伯領を与え、辺境伯に陞爵《しょうしゃく》する。謹んでこれを拝命せよ」

「御意」

「マティス、卿にボーフォート公の旧領半分を与え伯爵に陞爵する。今後も王国の盾として期待しておるぞ？」

「もったいないお言葉！」

辺境のブラッドフォード領に比べ、ボーフォート公領は肥沃《ひよく》で収穫の多い土地柄である。

もはやマティスは田舎《いなか》の小貴族ではなく、歴《れっき》とした大貴族の仲間入りを果たしたと言っていい。

「――陛下、まことに恐縮ながら言葉を差し挟むことをお許し願えますでしょうか？」

晴れがましい席の空気も読まず口を挟んだのは、誰あろう十大貴族の一人リッチモンド公アドルフ、つまりオーガストの父であった。

彼としても、こんな場所で余計なことを言いたくはないのだが、ここで口を挟まなければウェルキンの言葉は既成事実として容認されてしまう。

アドルフの政治的立場として、それを見過ぎすことはできなかったのである。

「臣も、アントリム子爵の武功は古今に比類ないものと拝察しております。しかしながら、もはや平和となったハウレリア王国との国境に辺境伯が必要にございましょうか？　陛下におかれては何とぞご賢察《けんさつ》を賜りますよう……」

現在マウリシア王国の辺境伯としては、アンサラー王国、ノルトランド帝国と領地を接するエイムズ辺境伯エリオットしかいない。

辺境伯という地位は侯爵に相当する位階であるが、その権限には大きな違いがあった。

もともと敵国との国境を統括《とうかつ》する軍事指揮官を兼ねた在地領主、というのが辺境伯の始まりである。

ゆえに彼らには軍事面の独断専行権が与えられていた。いちいち王宮の指示を待っていては、緊張する国境の防備の対応が遅れるからである。

また軍事行動に伴う臨時徴税権など、その権限は地方領主としては破格で、ある種の国内国家に近い。

官僚貴族のトップとして、リッチモンド公が認められないのも当然であった。

侯爵に陞爵して十大貴族に仲間入りするというのも業腹だが、それでも辺境伯になられるよりはよい。

この先、領地貴族の既得権益を削減しようというのに、辺境伯などという治外法権が認められては困るのだ。

「では、公は何をもってこの未曽有《みぞう》の功績に報いよというのか？」

ウェルキンの口調には、からかうような、楽しむような色が感じられた。

ここで自分が口を挟むのを最初から予期していたらしき口ぶりに、アドルフはこめかみに青筋が走るのを抑えることができなかった。

実際バルドの成し遂げた勝利に報いるには、ある程度前例や慣例を無視する必要があった。

もう戦役も終わったことだし、こんな小僧には領地を与えればそれで十分ではないか、とアドルフは思うのだが、この祝勝会の会場でそれを言い出すのはあまりに吝嗇《けち》である。

迂闊な言葉でリッチモンド家の名誉を傷つけるわけにもいかず、アドルフは言い淀んだ。

クスリと底意地の悪い笑みを浮かべて、ホセが発言したのはそのときであった。

「バルド卿の神算《しんさん》鬼謀《きぼう》は数万の軍に勝る。もしもバルド卿がサンファン王国に来ていただけるなら、侯爵の位階と陸軍卿の地位をお約束しますよ。もちろん、いずれ私の軍務卿もお譲りするという保証つきで」

ホセの発言も前代未聞であった。同盟国とはいえ、他国の要人が公衆の面前で堂々とヘッドハンティングをやらかしたのである。

しかも性質《たち》の悪いことにホセ自身は完全に本気で、わずらわしい軍務卿の地位をバルドに押しつける気満々だった。

もちろん、ウェルキンがバルドを手放さないことはわかりきっていたが。

「ホセ殿、抜け駆けはよくないな。我がノルトランド帝国なら宰相補佐を用意するぞ。私が即位の暁《あかつき》には宰相の座を約束しよう」

いささか悪ノリ気味に、グスタフもこの勧誘競争に参加した。

随分と景気のいい口約束だが、グスタフはバルドの思考力にはそれだけの価値があると思っている。

冗談でないのはアドルフであった。

明らかにホセやグスタフの発言は、バルドの褒賞に横槍を入れたアドルフに向けられている。

要するに、マウリシア王国の居心地が悪いようならウチに来いというわけだ。

万が一バルドが他国に仕《つか》えることになれば、アドルフがその責任を問われるのは明らかだった。

事実、アドルフを睨むウェルキンの視線は剣呑《けんのん》である。

そもそもこんな勧誘をされること自体が、ウェルキンの顔に泥《どろ》を塗《ぬ》るに等しかった。

ふざけたことを言うな！　と怒鳴りつけたいが、他国の王族や閣僚を相手に、アドルフにそんな真似ができるはずもなかった。

お灸《きゅう》が効いたのを見て、ウェルキンは内心でニンマリと笑った。

この世界はマウリシア一国だけで完結しているわけではないのだ。

アドルフをはじめとする官僚たちには、他国との政治的バランスの中で国内を考える力が欠如《けつじょ》している。

もっとも、そうした全てを俯瞰《ふかん》して判断することが国王の役割なのかもしれなかった。

「こらこら、先走りがすぎるぞ。それにこやつは俺の貴重なおもちゃなのだ。他国に譲れるものではないわ」

「すいません、今ものすごくサンファン王国に行きたいと思いました」

ウェルキンの言葉にバルドががっくり肩を落とすと、その冗談で緊迫した空気は明らかに弛緩《しかん》した。

特にアドルフなどは、窮地から脱したことに対する安堵がはっきりと見て取れる。

アドルフがこの有様では、ほかの官僚貴族が異議申し立てをする可能性はもはや皆無と言えた。

「異論もあろうが、ここは俺の判断に従え。さもないとせっかくの英雄が他国に攫《さら》われてしまうわ！」

こう国王に言われては返す言葉もない。

してやられたことへの怒りを押し隠し、アドルフは苦い笑みを浮かべるしかなかった。

「ランドルフ侯も見事な用兵であった。かねてより要望のあった亡命貴族の件、粗略にはせぬ」

「ありがたき幸せ」

アルフォードは、トリストヴィーから亡命してきた貴族のうち希望者を、マウリシア王国の臣として土着させることを要望していた。地位が不安定なまま他国で居候する連中など、ろくなことを考えないからだ。

今回の戦役でボーフォート公領ほかの領地が空いたのは、この問題を解決するよい機会だった。

機嫌《きげん》よくウェルキンはポン、と手を叩く。

「バルド卿よ。こたびの記念に剣を取らそう。初代の王より伝わる名剣だ。ありがたく受け取るがよい」

その声に応じ、剣を持って現れたのはレイチェルであった。

余計な装飾を省き、ボディラインが強調されるドレスを身に着けた姿に、バルドはウェルキンにはめられたと知りつつも見惚《みと》れた。以前より胸が大きくなって、ウェストがキュッと引きしまっている。

対するレイチェルも、痛いほどにバルドの視線を感じ、頬が上気するのを抑えられずにいた。

その光景は控えめに言っても初々《ういうい》しい恋人そのもので、列席した観客たちはそこに明確なウェルキンの意思を見て取った。

すなわち、ウェルキンはレイチェルの配偶者としてバルドを想定している――。

レイチェルの弟でバルドの学友でもあるウィリアム王子だけは、お約束のように頬を膨らませ、不貞腐《ふてくさ》れていたが。

「バルド様……ご無事でお帰りくださって良かった」

剣を渡しながら、レイチェルは心からの安堵の笑みを浮かべて囁《ささや》いた。

いったい幾晩、眠れぬ夜を過ごしたことか。

まともな人間であれば、十度死んでもまだ足りないほどの厳しい戦いであったことをレイチェルは知っている。

そんな常識の壁を超えて再び会えたことが、たまらなくうれしかった。

ウェルキンと違って濁《にご》りのないレイチェルのまっすぐな好意に、バルドが男として喜びを感じないはずがない。

「まだ、お茶会のお礼をしておりませんから……」

目を丸くしたレイチェルに、バルドは照れた笑いを浮かべた。


その後の祝勝会は比較的なごやかに進んだ。

各国の使者による慶賀《けいが》の祝辞が読み上げられ、マウリシア王家に対する献上品が並べられていく。

そして豪華極まりない食事を堪能《たんのう》しながら、会場は自由な懇談の場へと変化していった。

となれば、まずは国王たるウェルキンへの挨拶が一番であり、二番目は当然、本日の主役たるバルドへの挨拶ということになる。

参加した全ての貴族が我先にと群がってくる様に閉口しながらも、バルドは丁寧に応対しないわけにはいかなかった。とかく出世して横柄《おうへい》になった者は、加速度的に評判が悪くなるからだ。

「是非我が領軍を指導してやってくれませんか？　英雄の薫陶《くんとう》を得れば必ずや平和に役立つでしょう」

「こうして戦争も一段落したことですし、一度我が娘と会っていただきたい！　何、損はさせませんよ！」

「まことありがたきお話ながら、新たな領地が落ち着いてからということに……」

彼らがバルドとよしみを結びたがるのも当然のことである。

国内にたった二人しかいない辺境伯で、父親は武に名高いイグニス・コルネリアス伯爵、さらに国王の覚えもめでたく、この先王女レイチェルを娶る可能性も高い。

特に近頃の中央集権化を鬱陶《うっとう》しく思っている領地貴族にとっては、バルドは実に頼りがいのある存在に映るのであった。

「よろしいかしら？　アントリムの英雄に挨拶しても？」

「こ、これはベアトリス殿下……で、では我らはまたの機会に」

表向きには疑問形だったが、明らかに「私が来たのだからどっか行ってよ！」というオーラをまき散らして現れたのはノルトランド王太子妃ベアトリスである。

妹であるレイチェルやマーガレットとは性格が異なるが、やはりウェルキンの血筋だと考えると納得してしまうのはどうしてだろう？

「あら？　何かよからぬことを考えてない？」

「滅相もございません！」

こみかみから冷や汗をタラリと流して、バルドはぎこちなく微笑んだ。

「改めて、レイチェルの姉でノルトランドの王太子妃、ベアトリスよ。会うのを楽しみにしてたわ、英雄さん」

「バルド・アントリム・コルネリアス辺境伯です。お見知りおきを」

「随分可愛い娘たちを連れてるのね？　でも、年上趣味そうで安心したわ」

「おうふ……反論したいけど説得する材料がない……」

バルドは別に年上趣味というわけではない。自身の精神年齢が高いため、相手の女性が自然と年上になってしまうだけだ。

だが現実として婚約者のセイルーン、セリーナ、アガサの三人は見事に年上の女性であり、抗弁することは難しかった。

「あ、私は駄目よ。これでも人妻だし」

「他国の王太子妃とか、人妻だからとかいうレベルの話じゃないでしょ！」

いくらバルドでもそこまで節操無しではない。

突っ込み属性はないにもかかわらず、思わず叫んでしまったバルドを誰が責められようか。

惑乱するバルドを見て、慌てて駆け寄ってくる影があった。

「す、すいません！　どいて！　そこ開けてくださあい！」

息も荒く頬を紅潮させて、人混みを掻き分けやって来たのはレイチェルである。

「べ、ベアトリス姉さまに変なこと言われなかった？」

「レイチェル様！　顔近い！　顔近すぎです！」

「あっ……」

頬を染めて視線を逸らし合う二人……そのあまりにベタな光景にベアトリスは思わず噴き出した。

「これは心配する必要もなかったかしら。義姉《ねえ》さんと呼ばれるのも時間の問題だわね」

「なっ！」

「はうっ！」

ベアトリスの歯に衣着《きぬき》せぬ言葉に、バルドとレイチェルは息を呑んだ。

レイチェルはともかく、バルドはまだそれほど真剣な結婚相手としてレイチェルを見ているわけではない。そもそもウェルキンの思惑に乗るのは不本意だし、まして義父と呼ぶのはゾッとする話だった。

「――アントリム以来ね！　バルド」

続いて、そんな雰囲気をぶち壊すように、バルドとレイチェルの間に割り込んできたのは小さな身体。

満面の笑みを浮かべてアピールするシルクがそこにいた。

動いても優雅な笑みと呼吸を乱さぬ肺活量はさすがに現役の騎士だが、かなり無理をしてここまで来たらしく、細いうなじと大きく開いた背中に汗がにじんでいた。

「レイチェル殿下もご機嫌うるわしく」

「ふ、ふふふ……シルク様もお元気そうでうらやましいわ」

あえてバルドを呼び捨てして親密さを匂わすあざとさは、見事と言うべきだろう。

二人はにこやかに微笑みながら、極北のブリザードのような寒波《かんぱ》を撒き散らした。

「あ、王太子殿下にご挨拶に行かねば！」

「う、うむ。では辺境伯殿、のちほど！」

蜘蛛《くも》の子を散らすように次々と離れていく貴族たちだが、これが賢明である。

（くっ……早く姉上のもとへ行かねばならないのに‼）

ちょうど姉とバルドの間に割って入ろうとしていたウィリアムも、災厄《さいやく》から逃れる難民と化した貴族の波にあえなく呑み込まれてしまった。

「あらあら、レイチェルもうかうかしていられないわね」

予想外の手強《てごわ》い難敵の登場に、ベアトリスは呆れ顔で天を仰ぐしかなかった。

十大貴族の一角、ランドルフ侯爵家の一人娘といえば、第二王女と張り合う十分な格がある。

国王ウェルキンはレイチェルの背中を押しているが、対応を見る限り一人の女としては、シルクのほうが一歩も二歩も先行しているように思われた。

「私もご挨拶させていただいてよろしいかしら？」

よりにもよって、この修羅場《しゅらば》に自分から顔を突っ込むのはどこの物好きだ？

居合わせた皆がそう思ったが、実は声をかけた本人が誰よりそう考えていた。

「はじめまして、レズリー・バウスフィールドですわ！」

悠然と胸を反らすレズリーであったが、内心は恐怖と焦りと怒りでいっぱいだった。

（誰が好き好んで、こんな獣人族を側室にするような田舎者に！）

彼女の蔑視《べっし》の視線を敏感に感じ取ったセリーナは、居心地悪そうに肩をすくめた。

実はこの祝勝会場で、セリーナに対して同じような視線を向けた相手は決して少なくない。慣れているとはいえ、決して心地の良いものではなかった。

視線から逃れるようにして、セリーナは二歩ほど後ずさりバルドの背に隠れる。

「レズリー様、随分とお久しぶりですわね。ジェラルド様のお加減はいかが？」

思わぬ敵の登場に、レイチェルも恋する乙女から普段の王女へと仮面を切り替えて応対する。

一度王族としての仮面をまとったレイチェルは、人が変わったように堂々たる威厳を発散してレズリーを見下ろした。

その重圧に、すぐにも逃げ出したい欲求をレズリーはかろうじてねじ伏せた。

「……父はまだベッドから起き上がることも叶いませんわ。今夜はエレノア叔母《おば》様に連れ出されたものですから」

（――できれば家でゆっくりしていたかったのですけれど）

レズリーの叔母エレノアは、十大貴族へイドリアン侯爵家に嫁いでいる。

すなわち彼女がここにいる理由は、官僚貴族によるバルドへの妨害工作だった。

バルドが王族であるレイチェル王女を娶って王室の一員になるのも困るが、ランドルフ侯爵家の一人娘であるシルクを娶るのも同じくらい困るのだ。

ランドルフ家は十大貴族でもトップクラスの力を持つ上に、トリストヴィーからの亡命貴族という潜在的な与党を抱えている。

さらにシルクは、現在は亡《な》きトリストヴィー王国唯一の王位継承者と目されており、その去就《きょしゅう》如何《いかん》によってはトリストヴィーの女王として戴冠《たいかん》する可能性もあった。

そうなればバルドは、トリストヴィー王国の王配にして辺境伯、しかもランドルフ侯爵家とコルネリアス伯爵家を縁戚《えんせき》派閥に持つ強大すぎる勢力になってしまう。

そこまではないとしても、単純にランドルフ侯爵家とアントリム辺境伯家、コルネリアス伯爵家が一体化するだけでも大問題である。

なんとしても彼女たちとバルドの仲を裂《さ》かなければならない。しかもできればこちらの都合のいい女性を押しつけて、取り込んでしまうのが望ましかった。

そして白羽《しらは》の矢が立ったのがレズリーというわけである。

バウスフィールド公爵家は、公爵という地位にあれど領地はなく、年金と亡き妻ヘンリエッタの持参金で細々と生活していた。

しかも近年では当主であるジェラルドが病の床《とこ》に就き、一人取り残された娘のレズリーの立場は微妙になっていたのである。

公爵という地位ゆえに、あまり下位の貴族には嫁ぐことができず、かといって上流の貴族にとって、バウスフィールド公爵家は旨みがなさすぎるのだ。

レズリー自身は十分美女と表現してよい美貌の持ち主であったが、それだけで結婚が決まらないのが貴族というものだった。

このまま嫁《い》き遅れていいのか？

ジェラルドが亡くなれば年金の大幅な減額は避けられないが、それで暮らしていけるのか？

数少ない肉親であるエレノア叔母にそう諭されると、レズリーに祝勝会への参加を断るという選択肢はなかった。

とはいえ、政治的影響力が皆無に等しい公爵家の生まれで、それほど社交界になじみのないレズリーにとって、レイチェルとシルクは相手にするには荷が重すぎた。

「レズリー様は血生臭《ちなまぐさ》い騎士がお嫌いと思っておりましたが、どういう風の吹き回しですの？」

シルクが殺気を放ちながらレズリーを睨みつけると、哀れにもレズリーは小さく「ひぃっ！」と悲鳴を上げて首をすくめた。

「わ、わ、私も名高き英雄に憧《あこが》れる一人の乙女ということですわ……」

あまりの冷気に、どうやってバルドに取り入ろうかあれこれ考えていたことが全部飛んでしまった。

実際に戦場を経験して幾多の兵士の命を奪ったシルクに、深窓《しんそう》の令嬢が対抗しようというのがそもそもの間違いなのだ。

「あら、そう」

まるで獲物を前にした肉食獣のようにシルクは嫣然《えんぜん》と嗤《わら》った。

「ちょうどいいわ。私もバルドと一緒に戦場にいたの。彼がどんな風に戦い、敵を殺していったか教えてあげる」

斬死、窒息《ちっそく》死、中毒死、圧死……と死にザマがなんでもござれ。

遠くから雷鳴のような戦場音楽が聞こえてくるような気がして、レズリーは本能的に一歩後ろに下がった。

だがそれだけでは終わらない。ここには悪魔がもう一人いるのだから。

「私も英雄の逸話なら教えてあげられるわ。英雄様がどうやって死の淵にある私を助けてくれたか解説しましょうか。まずはコレラの症状と苦しみから」

表情からは善意しか窺えないが、全身から発散されるプレッシャーが全てを裏切っていた。

時に女は表情や言葉ではなく、空気で何より雄弁に本音を表現する生き物なのである。

前門の虎、後門の狼ならぬ左にレイチェル、右にシルク。

その絶望的な戦力差にレズリーの心が折れるまで、それほどの時間はかからなかった。

むしろ自分から声をかけてここまで粘っただけでも称賛に値する根性であろう。

「……それで身体強化したバルドはたちまち敵兵の首を薙《な》ぎ払って……知ってる？　お腹や胸だと死ぬ前に反撃されてしまうから、首を飛ばすのが一番安全なの」

「…………わ」

かすかに呟いたレズリーの声をシルクもレイチェルも聞き逃した。

「ごめんなさい。今、なんておっしゃったかしら？」

「じゅ、獣人を妾《めかけ》にするような獣臭《けものくさ》い男は、こっちから御免だって言ったんですわああああ！　叔母様の馬鹿ああああああ！」

子供のように泣きじゃくって走り去ったレズリーに、シルクもレイチェルも、自分たちがやりすぎてしまったことを悟った。

そして二人の予想どおり、この後バルドに近づく女性は皆無となるのである。

それもそのはず、王女と十大貴族の令嬢を同時に敵に回す度胸のある適齢期の少女など、いくら探してもいるはずがなかった。

結果は満足のいくものであったが、その過程で淑女《しゅくじょ》としての評判をどん底まで落とした二人は、お互いに顔を見合わせて力なく笑った。

ここで成り行きを見守っていたベアトリスが一言。

「はあ……レイチェル。あなた、王族としてもう少し腹芸ができないと恥をかくわよ?」

「返す言葉もございません、ベアトリス姉さま」

なおそのころウラカは、口当たりは良いが度数の強い酒を飲まされ、あえなく撃沈していた。

ロドリゲスGJ。


「……獣臭い、かあ……」

サバラン商会を王都キャメロンに進出させてからというもの、たびたび遭遇する獣人への差別。

他人の評価など気にするセリーナではないが、バルドの前で言われるとさすがに憂鬱な気分になる。自分に対する評価は、バルドにとって無関係なものとは言えないからだ。

バルドがコルネリアス伯爵家の嫡男であったころはこんな心配はなかった。

イグニスの性格を反映したのか、あの土地は住民がひどく鷹揚《おうよう》で偏見が少ない。

だがこの王都では、セリーナの存在は敵対する勢力にとって、バルドの攻撃しやすい弱点に見えるのだろう。

もっともサバラン商会の会頭《かいとう》でもあるセリーナは、そんな攻撃を甘んじて受けるほどか弱くはない。それでもなお傷ついてしまうのが、繊細《せんさい》な乙女の埒《らち》もないところであった。

「ふう……」

パーティーの喧騒から離れ、バルコニーから月を見上げたセリーナは物憂《ものう》げにため息を吐く。

毛並みのいい大きな耳も力なく垂れ下がり、落ち込んでいるのは明らかだったが、慰《なぐさ》めるべきバルドは今なおパーティーの主賓《しゅひん》として席を外せぬ状況にある。

それを寂しいと感じてしまうのは間違いだろうか？

もちろん、バルドがセリーナへの侮辱《ぶじょく》に怒らないわけはなかった。

むしろレイチェルとベアトリスがうまく仲裁してくれなければ、激発して厄介な騒動を引き起こしていたかもしれない。

逃げるように会場を後にしたセリーナをバルドが追えなかったのは、それどころではない超弩《ちょうど》級《きゅう》の爆弾が投下されたからであった。

「陛下におかれては、長年のマウリシア・ハウレリア両国の対立に終止符を打たれましたこと、まこと慶賀の念に堪えませぬ」

アンサラー王国の使者が腰を折る。

白くなった頭髪と長い顎鬚《あごひげ》が特徴的な老人だが、温厚そうに見えて底冷えのするような圧迫感を放っていた。

「うむ、アレクセイ陛下にもよろしく伝えられよ」

（まあ、あの腹黒が喜ぶとは思えんがな……）

ウェルキンは、今回のマウリシアの勝利に頭を痛めているであろうアンサラー国王を思った。

謀略を駆使する政治力と、統一王朝の直系という大陸でもっとも高貴な血を武器に、アンサラー王国の国力を大きく発展させた王である。

戦争もなく、婚姻政策だけで二カ国を事実上の属国とした手腕は、どれだけ警戒してもしすぎることはない。

いつかこの大陸に再び統一王朝を再現するというのが、アンサラーの建国以来の国是《こくぜ》である。

そんな国がマウリシア王国の勢力拡大を素直に喜ぶはずがなかった。

「それにしても、まさか陛下があのような切り札をお持ちとは。あの英雄の名、私としたことが寡《か》聞《ぶん》にも存じませなんだ」

名を知られていないのは当たり前である。

バルドがそれなりに名を知られ始めたのはサンファン王国から帰還して以降のことで、それまでは貧乏伯爵家の長男にすぎなかったのだから。

「前触れもなしに突然現れるのが英雄というものであろうよ」

ウェルキンは機嫌よさそうにくつくつと笑った。

最初から手塩にかけて育ててきたエリートなら、ウェルキンもこれほどバルドを気に入ることはなかっただろう。

いつも予想を覆《くつがえ》して成果を挙げるほどに、バルドは非常に大切で、同時にいじりがいのある家臣なのである。

もっともこの国では、ウェルキンに気に入られるということは、必ずしも幸福であるとは限らないのだが。

「されど英雄は、えてして平時に乱を起こすもの。我が主はそこを心配しておりまする」

アンサラー王国の使者の空気が変わるのがウェルキンにもわかった。

（やはり、ただ祝い事を述べに来ただけではなかったか！）

使者にわざわざ経験豊かな宰相マラートを寄越したからには、何かあるだろうとは思っていたが……。

マラート・ミハイロヴィッチ・ボリシャコフは、今年六十八歳になる老練の政治家である。

ボリシャコフ公爵家は代々宰相を世襲《せしゅう》しているため、王家に次ぐ副王家などと渾名される名家であった。

世襲だからといってその能力を侮《あなど》ることは決してできない。

家長を継ぐべき嫡男に課される教育の厳しさはある種偏執的《へんしつてき》なもので、成人する前に死亡する者も含め半分以上の子供が脱落するため、ボリシャコフ家の男は三人以上の妻を持つことが義務とされていた。

この宰相家の献身があればこそ、国王アレクセイ三世は恨みを買いやすい婚姻政策を推し進めることができたのである。

その筋金《すじがね》入りの忠誠心を、ウェルキンはまだ王太子であったころからよく聞かされていた。

「ようやく手にした平和を安んじ民に平穏を与えるのも、あたらその命を戦場に散らすのも陛下のお心次第。されど我が国はこの大陸に平和と繁栄《はんえい》を望んでおりまする」

（――アンサラー王国にとって都合のいい平和をな）

ウェルキンは喉元まで出かかった言葉をかろうじて呑み込んだ。

謀略の限りを尽くして他国の敵対勢力を政治的に潰し、当地の国民の怒りをものともせず自らの息子を跡継ぎに押し込んだアンサラー王国は、確かに戦争はしていない。

かと言って軍備をおろそかにしているわけではなく、今なお大陸最大最強の名は健在だった。

短期的な瞬発力ならノルトランド帝国に軍配が上がるかもしれないが、補給能力まで含めた総合力ではアンサラー王国の圧勝である。

そうした目に見える圧力があるからこそ、アンサラー王国の政治的謀略は度《ど》し難《がた》いのだ。

「実は我が国は、とある国から平和を求める訴えを以前から受けておりまして……大陸に平和をもたらすため、我が陛下は力を貸すことを決意いたしました」

ウェルキンの第六感がけたたましい警戒警報を鳴らした。この期に及んでも、マラートの切り札がなんなのかわからないのが痛い。

アンサラーに対する諜報《ちょうほう》を怠《おこた》っていたつもりはないが、どうしても主力はハウレリアとトリストヴィーに向けざるを得ないのが現状である。

国家間の情報戦においては、やはりアンサラーに一日の長があった。

「なにとぞその顔に免じて、この若者の話をお聞きくだされ」

マラートに促されて一人の青年が進み出る。

「――お初にお目にかかります陛下。ベルナルディ・アマーディオ・トリストヴィーと申します。なにとぞお見知りおきを」

肩甲骨《けんこうこつ》のあたりまで伸びた長い髪に眼鏡が、硬質な青年の美貌を際立たせていた。

身体のラインが見えにくいゆったりとしたローブをまとっており、女性と見紛《みまご》う長い髪も、今日のための変装の一種なのであろう。

（――このくそじじいめっ！）

これからトリストヴィーに介入しようという矢先、すでにアンサラーが公国中枢と連携するまでになっていたとは。

立て続けに二カ国を乗っ取ったやり口を知れば、まさかトリストヴィーがアンサラーの尻馬に乗るとは思わなかった。

政治工作において、してやられたことをウェルキンは悟った。

「この者、命の危険があると知りながら、是非我々に同行させてほしいと頼み込んできましてな。若者の意気に免じてご無礼はお許しあれ」

ぬけぬけと言い放つマラートを、ウェルキンは絞め殺してやりたかった。

他国の王族を密入国させておいて、ご無礼とはよく言ったものだ。

ごく単純に言って不法入国であり、国王の面前に出したことを考えればテロの未遂《みすい》に問うことすらできる。

しかしアンサラー王国の宰相が腰を低くして、平和のために善意で協力したと宣言し、それを各国の使者が聞いている以上、ウェルキンがこれを処罰することは不可能に近かった。

「お怒りはごもっともなことと存じ上げる。もし必要なら、この命いかようにされようともお怨《うら》みはいたしませせぬ」

ウェルキンが手を出せぬことを知っていながら、ベルナルディはあえて言った。

あざといとはわかっていても、このように劇場化した舞台では大袈裟《おおげさ》なくらいがちょうどよいのである。

「されど内乱に疲弊《ひへい》した我が国の民のため、一刻も早く、無辜《むこ》の民が死ぬことのない平和な未来のため、我が願いをお聞き賜りたい」

「……聞くだけは聞いておこう」

ウェルキンはようやく余裕を取り戻した。

ベルナルディをこの場に連れてきたことは確かに見事な奇襲であった。しかしその程度で国同士が和平できると思っているなら甘すぎる。

むしろ問題は、アンサラー王国とトリストヴィー公国が軍事的な同盟まで結ぶかどうかだが、勝敗定かならぬ賭けに出る可能性は低い、とウェルキンは考えていた。

「――もはや無益な対立に終止符を打つ時が来たと、私は考えます。公国は亡命した王党派貴族を無条件に許し、その旧領を回復いたします。そして――王家の忘れ形見であるシルク殿を妻に迎え、再び王国を復興する所存」

あまりに図々しいベルナルディの要求に、ウェルキンが口を挟むより先に激発したのはアルフォードであった。

「戯言《たわごと》は寝て言え！　ここは貴様の寝言を聞かせる場ではないわ！」

「……さすがにこればかりは余も同意見だ」

マウリシアに亡命したトリストヴィー貴族の間に動揺が走ったことを確認して、ウェルキンは唇を歪《ゆが》めた。

亡命から十年、望郷《ぼうきょう》の念と先祖代々の土地に対する思いは考えている以上に大きいのだ。

もしこれが目的であったとすれば、この若造、相当に食えない。

「いつまでも両者が争っていても、何の益もありません！　お互いにわだかまりを捨て手を取り合ってこそ未来が開けましょう」

「母の仇《かたき》がわだかまりとは片腹痛い。貴様はシルクの母の仇だが、シルクは誰の仇だというのだ？　軽々しくお互いに、などと口が腐るわ！」

一方的に虐殺《ぎゃくさつ》され故郷を奪われた記憶はあっても、大公からこちらが何かを奪った記憶はない。捨てるべきわだかまりなどないくせに綺麗事を並べるベルナルディに、アルフォードは本気で怒り狂っていた。

「その方の命、いかようにされてもかまわぬと言ったな、公子」

「は、はい」

ウェルキンの何か覚悟を決めたような声に、ベルナルディはわずかに動揺の色を見せた。

ベルナルディは、本気で殺されてもよいなどとは欠片《かけら》も思っていない。

政治的理性をかなぐり捨てて、ウェルキンが自分を殺すのではないか、という万が一の恐怖に、ベルナルディは背筋にびっしょりと冷や汗をかいていた。

「その覚悟、言葉ではなく態度で見せてはもらえぬか。覚悟のほどが事実であれば、我が国も真剣に検討しよう」

「な、なんと……」

言わばウェルキンは、言葉のボールをベルナルディに投げ返したのである。

これでベルナルディは、自分が本気であるということを態度で見せなくてはならなくなった。

だが、ベルナルディにそんな覚悟はない。

気合いで腕の一本も落とせぬのか、と不甲斐なく思いながら、マラートはやむを得ずベルナルディの援護に回った。

「仮にも彼は一国の公子、試すにもほどがありましょうぞ」

「母を失った娘に、仇のもとへ嫁げと言う阿呆だ。試されても仕方あるまい」

シルクの母は心労で勝手に死んだのだ、別に自分たちが殺したわけではない、と言いわけなどすれば本気で殺されかねない。説得することは無理だと、ベルナルディとマラートは互いに視線を交わし合った。

もっとも、それは予想の範疇内《はんちゅうない》である。

と言うより、素直にシルクを嫁に寄越すなどとはベルナルディもマラートも考えていなかった。

シルクはマウリシア王国にとって、トリストヴィー公国に介入するための切り札である。間違っても敵の手に委《ゆだ》ねてよい人物ではない。

ましてや場合によっては、結婚するだけ結婚して、適当な時期に暗殺されてしまう可能性すらある。

アルフォードが賛成する可能性は皆無と言えた。

「お信じいただけないのは我が身の不徳。無念ではありますが、今後の行動で信を得るよう努力いたします」

「今この場で信じさせてくれてもよいのだがな」

ベルナルディはその言葉をあえて無視した。

（好きなだけほざけ。今から驚くのはお前の方だ！）

「……ひとつ面白い話をいたしましょう。これは我が公国秘中の秘でございますが――亡《な》き先王の日記に記載されていた紛れもない事実であります」

「お前たちへの恨みごとであろう？」

皮肉気に口元を歪めるアルフォードの揶揄《やゆ》にも構わず、ベルナルディは続ける。

「先王には、汚職によって没落した伯爵家の側室がおりました。その名をダリア。当初は王の寵愛《ちょうあい》を受けていましたが、伯爵家の没落とともに後宮を追放され、離宮にて娘とともに暮らしていたそうです」

「その側室がどうかしたのか？」

「王宮の記録では、二十年以上前に母娘ともども病死したとされています。ところが先王の日記によると、母の死因は毒殺であったらしく、娘の王女だけは身代わりが犠牲となって、侍女とともに国外へ脱出したようなのです」

「な、なぜ王はそこまで知っていながら追わなかったのだ！」

ウェルキンは思わず叫んだ。

それが事実なら、トリストヴィー王国の第一王位継承者が存在することになる。

「連れ戻しても殺されるのが目に見えているから、と。せめてもの親の情《じょう》だったのでしょう」

隠し札《ジョーカー》を開いたベルナルディは、絶句するウェルキンとアルフォードに獰猛な笑みを向けた。

今や、攻守は完全に逆転していた。

「日記によれば、王宮でも指折りの騎士に連れられた王女と侍女は、マルディーン山脈を越え、このマウリシア王国に逃《のが》れたとのこと。どうか彼《か》の王女マルグリットの捜索と帰国を陛下にお願いしたい」


トリストヴィー先王の日記がこれまで発見されなかったのにはわけがある。

誰しも私的な日記は他人に見られたくはないものだ。まして立場が国王である以上、その内容には国家機密に匹敵《ひってき》するものが多々含まれている。

そのため、先王の考えた隠し場所は長年不明だった。

そんな日記は、実は浴室にあった。

本来、紙で書かれた日記を保存するには向かない場所である。温度もそうだが、紙にとって湿度は天敵に等しく、たちまちカビに浸食されてしまう。

それを防ぐ高度な魔術道具《アーティファクト》まで使用して保管されていた日記も、さすがに改築工事までは想定していなかったらしい。二十年以上の時を越えて、ついにトリストヴィー大公に発見されることになった。

そこに書かれていたことは、大半は益体《やくたい》もない日常の感想だったが、決して見過ごすことのできぬ事実も記載されていた。

それこそ、王位継承者のマルグリット王女が生存しているという記述である。

実は現在、トリストヴィーで公式に認められている王位継承者はいない。

トリストヴィー王国の元王女であったシルクの母は、アルフォードに嫁ぐ際に臣籍に下っており、すでに王族としての権利を放棄しているからだ。

よって娘であるシルクにも、公式に王位を求める権利は存在しない。

だからこそ、シルクが女王としてトリストヴィー王国を復活させることは難しく、それを現実化するためには、よほどの権力と意志を持つ配偶者が必須であるとアルフォードは考えていた。

トリストヴィー王国を再興するため、シルクに求婚する亡命貴族は多かったが、アルフォードが全く相手にもしないのは、彼ら自身に力がないからだ。

そう、決してただ単に、娘を嫁に出したくないから拒《こば》んでいるわけではない。

このような状況で、ベルナルディの言うとおりマルグリット王女の存在が明らかになれば、シルクの立場が宙に浮くのは間違いなかった。

なぜなら行方不明になったとはいえ、マルグリットは王族としての地位を失っていないのだから。

彼女は王家に殺されかかった被害者であり、王国は母の仇と言える。

マルグリット王女の母親、ダリアの実家である伯爵家が没落したのも、二人を殺害しようとしたのも、当時の第一王妃ベルティーナ・スフォルツァの策略である。

多情であった国王はダリアをそれなりに愛していたが、王国でもっとも強い勢力を持つスフォルツァ公爵家を敵に回す気になれず、あっさりと母娘を見捨てた。

この当時、ベルティーナの不興を買って殺された側室は、片手では数えきれなかったという。

そんな目に遭わされた娘が、果たして王国のために働くであろうか？

むしろ王国を滅ぼした公国に対して親近感を抱くのではなかろうか？

少なくとも、王国を滅ぼしたのが原因で恨みを買うことだけはないだろう。

生きていれば四十路に近い年齢のはずである。子供がいる可能性もあるが、母親が王国に否定的な以上、公国になびくのが自然だ。

こうしたベルナルディの予想は、多少願望が混じってはいたが、それほど的外れなものとは言えなかった。

現に動揺を押し隠すウェルキンもハロルドも、先ほどまでの憎まれ口が完全に止まっている。

マルグリットが見つからなかったとしても、時間稼ぎとして偽者《にせもの》を擁立《ようりつ》することも不可能ではない。そして公国内なら本物だろうと偽物だろうといつでも消せる、とベルナルディはほくそ笑んだ。

アンサラー王国がトリストヴィー公国に寄せる期待も、ベルナルディの思惑からそう遠くはなかった。

トリストヴィーが内乱状態にあるか、あるいは自らの友好国でさえあれば、大陸でのアンサラー王国の優位は保たれる。

だから彼らは気を緩め、顔面を蒼白にして震えている一人の少年に気づかずにいた。


――マルグリット？　僕の可愛い妹と同じ名前だ。

弟のナイジェルと二人して、とても僕に懐いてくれている。

抱いてあげるとよく笑って、寝るまで離れようとしない天使のような可愛さだった。

そんなとりとめのないことを考えながらも、血の気はどんどん引いていく。

心臓は痛いくらいに暴れていて、鼓動が今にも会場にまで響きわたりそうな気さえした。

幼き弟妹への感傷が逃避行動にほかならないことを、バルドは誰より自覚していた。

マルグリット――妹以外にその名を聞いたのはいつであったか。

思い出したくない。

記憶の彼方に明らかに存在するものを、脳が直視することを拒んでいた。

二十秒、三十秒、あるいはほんの数秒のことであったかもしれない。

バルドが記憶から目を背けられていた時間はそれほど長くなかった。

『――以前はマルグリットと名乗っていた。もうとっくにそんな名は捨てたがね』

「姐御《あねご》がそう言っていた」と話していたのは、ジルコではなかったか？

あの母《マゴット》がトリストヴィーから逃れてきた薄倖《はっこう》の王女？

あまりの似合わなさと事の大事さのアンバランスに、立ちくらみを覚える。だが、おそらくは真実だろうとバルドは直感していた。

一度も話題に出てきたことがないマゴットの故郷。

突如降って湧いたような銀光の名声。

そしてマゴットの、シルクに対する異常とも言える警戒とこだわり。

てっきり傭兵時代の縁かと思ったが、ラミリーズとの関係も単純な戦友の一線を越えているように思える。

そしてマゴットは、基本的に王家というものが嫌いだ。

その言葉の端々から、マゴットが王族――人々の忠誠を当然のように思っている人種を嫌っていることを、バルドは感じ取ってきた。

まるでひとつひとつは無関係に見えたバラバラのピースが噛み合っていくようだ。

（でもあの人が認めるかな？）

現状はあくまで想像にすぎない。

マゴットがそんなの知らないとシラを切れば、証明は難しいだろう。

しかも、ここまで隠しきってきたマゴットが素直に話す可能性は低い。

（それでも避けては通れない、か）

ひょっとしたら、当時の目撃者が現れて真実が明らかになるかもしれない。あるいはマゴットが年を取り、何らかの心変わりをするかも。

そうなったとき、問題はもはやマゴットだけのものではなくなってしまう。

否、むしろこの場合問題の中心となるのは、バルドとナイジェルである。

なぜならマウリシア王国同様、トリストヴィー王国の王位継承権は男系優先なのだ。

そしてもし、バルドに子供が生まれれば、その宿縁は次の世代へと引き継がれていく。

目に入れても痛くないほど可愛がっている弟のナイジェルや、まだ見ぬ子らを巻き込むなど、バルドに許せるはずもなかった。


「私は――私はいったい……」

困惑し頭を両手で抱えたシルクが、グラリとバランスを失ってバルドの胸に飛び込んできたのはその時である。

「シルク！」

倒れる娘の姿を確認したアルフォードは、忌々《いまいま》しげにベルナルディに背を向けてシルクに駆け寄った。

娘がどれだけトリストヴィーの現状に心を痛めてきたか、アルフォードは知っている。

そして死んだ妻が生まれ故郷の惨劇をどれだけ嘆き、日々心をすり減らしていったのかを。

人生の思い出の大半を占める故郷が理不尽に潰され、家族、親友、家臣が次々と死んでいく。その現実に耐えられるだけの器量が妻にはなかった。

トリストヴィー王国の滅亡からそれほどの時を置かずして妻は死んだが、ある意味では精神的な自殺だったとアルフォードは考えている。

万が一娘も失うようなことがあれば、アルフォードはどんな手段を使ってもトリストヴィー公国に復讐せずにはいられないだろう。

「シルク！　しっかりしろ！」

「侍医のところに急ぎましょう！」

シルクを横抱きに抱き上げたバルドに、王宮内をよく知るレイチェルが声をかける。

にわかに騒がしくなった広間からバルドたちが退出していくのを、ウェルキンは苦々しく見守った。

「――よかろう。マルグリット王女殿下は我が国の全力を挙げて捜索してやる。しかし公子、忠告しておくが……」

ベルナルディはうまくいったと思っているのだろうが、世の中はそれほど甘いものではない。

自分の思惑が全てうまくいくことなどまずありえない、ということをこの男は知らないのだあろう。

トリストヴィー強硬派に不和の種を蒔《ま》いたつもりでいるだろうが、同時に、誰より敵に回してはならない少年を敵に回した。

「人の悪意を全て推し量れるなどとは思わぬことだ。公子はたった今、それと知らぬままに虎の尾を踏んだのかもしれないのだから」

「ご忠告、痛みいりまする」

ベルナルディはウェルキンの言葉の意味を完全に取り違えた。ただの負け惜しみであると、当然のように受け取ったのである。

さすがにマラートは言葉の裏を読み警戒の念を抱いたが、経験が絶対的に不足しているベルナルディにそれを察しろというのは、土台無理な話であった。

医務室でシルクが意識を取り戻したのは、それからすぐのことであった。

「ごめんなさい、取り乱してしまって……」

「無理もありませんわ。今気分の落ち着くお茶をお持ちしますから」

「ありがとうございます。レイチェル殿下」

アルフォードは難しい表情を崩さぬままに、ただ優しくシルクの髪を撫でた。

これまで娘の背負ってきたものの大きさを理解しているからこそ、アルフォードともあろう者がかけるべき言葉を見つけられずにいた。

（──もういいんじゃないか？）

マルグリット王女とやらが生きているか死んでいるのか知らないが、シルク以外にトリストヴィー解放の旗頭《はたがしら》になる人間がいるのなら、そいつを味方にすればいいではないか。

公国がどんな条件を提示するつもりかわからないが、ランドルフ侯爵家とてそうそう財力で劣るつもりはない。バルドの支援を得られればなおのことである。

自らの身を斬るような修羅場にもう娘がいる必要はないのではないか。

アルフォードはそう言いたかったが、シルクがそれを望まないであろうこともわかっていた。

そんな、今日初めて名を知ったような人間に託せるはずがない。

シルクにとって、トリストヴィーは母親から譲り受けた命そのものなのだ。

「──もしかしたら、捨てられるかもしれないと思っていました」

そう言ってシルクはバルドを見つめる。

「バルドがアントリムで死ぬかもしれない、と思ったとき、どんな理由があっても助けに行こうと決めました。あのとき私はトリストヴィーのことを忘れていました」

そこでマゴットの出産に立ち会ったことは、シルクにとって大きな財産となった。

少なくともあのとき、自分はバルドとマゴットの家族の一員だった。

「でも今はトリストヴィーのことしか考えられません。結局私にはどちらも捨てられないんです。それがどんなに身勝手で困難なことだとしても」

生まれて初めての恋、そして母以外で初めて知ったトリストヴィー王家の血を引く存在。

そのなかで揺れ動いたシルクの結論は、どちらも手に入れようという貪欲《どんよく》な決意であった。

「あえて困難な道を行きますか。だからといって同情はしませんよ」

呆れたようなレイチェルに、シルクは獰猛な笑みを浮かべて挑戦的な視線を向ける。

「――望むところです」

バルドは内心で冷や汗をかきながら、一刻も早くアントリムに戻ってマゴットに話を聞かなければならない、と思う。

間違ってもマゴットがマルグリット王女かもしれない、などとは言い出せない雰囲気であった。

好事魔多《こうじまおお》しというべきか、はたまた一寸先は闇というべきか。

天はバルドにさらなる試練を用意していたのである。


時を少し遡《さかのぼ》る。

パーティーの席に同行することを認められなかった護衛や侍従たちが集められた中庭で、ノルトランド帝国のエルンストは、滅多に食べられない上等な肉をかきこむのに夢中になっていた。

中にはその健啖《けんたん》ぶりに、獣人への侮蔑も込めて悪意ある視線を向けてくる者もいるが、エルンストは全く意に介さなかった。

ノルトランド帝国は極端な実力主義の国である。

特に若くしてその武を認められ、王太子夫妻の覚えもめでたいエルンストを妬《ねた》む声は大きい。

それらをエルンストは、強き者の傲慢《ごうまん》さで悠然と無視した。行動できない者など、所詮は路傍《ろぼう》の石と変わらないのだ。

実際に行動できる勇気があれば、敬意をもって自分も全力で応《こた》えるだけのこと。

そのとき、肉汁のたっぷり詰まったジューシーなステーキを頬張ったエルンストは、ほのかに覚えのある香りが漂ってくるのを感じた。

「まさか……？」

いかなる強敵と対峙したときにも感じたことのない緊張感を抱きながら、周囲を見回す。

どこだ？　いったいどこから、この香りは？

ようやく二階のバルコニーにいる人物が源《みなもと》であることに気づくと、エルンストは逆光で優美なシルエットを浮かび上がらせるその女性を凝視《ぎょうし》した。

「セリーナ！　セリーナなのか？」

バルコニーから夜空を眺めていたセリーナは、犬耳を立ててその声を聞き咎《とが》めた。

（うちはこんなところに知り合いはおらんはずなんやけどな……）

あるいはサバラン商会の商品を使う貴族の顧客が、自分を知っていたのだろうか。

そう思ったが、声をかけてくる男はそれほど上等な身なりでもない。ただ、自分と同じ獣人であることだけは見て取れた。

「うちに何の用や？」

警戒心を解かずにセリーナは尋ねた。

「俺だ！　エルンスト・バルトマンだ！　忘れたか？」

久しく聞いていなかった懐かしい名前に、セリーナは思わず絶句する。

「……エル兄なの？」

まだ両親が生きていた幼い日、父に連れられて訪れたノルトランドの国境都市に、エルンストという少年がいた。

年に数度訪れるそこで、セリーナはその少年ととても仲良くなったのだが、両親の死別とともに縁が切れていたのである。

こんな場所で再会するとは、エルンストはノルトランドの宮廷に仕えたということなのか。

セリーナの記憶では、少年は決して宮仕《みやづか》えに向いている性格とは言い難かったのだが、こうしてマウリシアまで随行していることを考えれば、かなりの信頼を得ているのであろう。

「ちょっと待ってや！　今そっちに行くわ」

エルンストの身分ではこちらの会場まで来るのは難しい。

セリーナが中庭に下りるのも問題があるのだが、今のセリーナの心情的に、これ以上会場に居続けるのはつらかった。

昔なじみの、しかも獣人の友人を見つけてセリーナが暴走したとしても、それほど不思議なことではなかった。

突然、貴人側の階段からドレスに身を包んだ美女が降りてきたことに、中庭に集められた各国の供の者たちに動揺が走る。

しかしその動揺は長くは続かなかった。セリーナが獣人族であったからである。

彼らはセリーナが、その出自から会場を追い出されたのだ、と当然のように判断した。

万人が見ても間違いなくセリーナは美しいが、そうした差別意識は、ノルトランドを除く各国ではまだまだ強かった。

「エル兄か！　見違えたで！　ほんま立派になって！」

ノルトランド帝国軍人の正式礼装である白を基調とした軍装は、無骨な戦士をいかにも貴公子然と飾り立てている。実際この礼装のエルンストは、ノルトランド宮廷の侍女や下級貴族の娘たちの間で大人気であった。

やんちゃで面倒見の良かった少年がこんなに立派になるなんて、とセリーナは自分のことは棚に上げて感慨に浸《ひた》った。

しかしエルンストのほうはそれどころではない。

本物の金糸《きんし》を編み込んだように流れる髪の輝きと、肌の白さを引き立てるドレス。

そして幼い日にはなかった巨大な胸の膨らみと、ウェストからお尻にかけての芸術的な曲線は、禁欲的なエルンストの心をさえ大きく揺るがしていた。

こんなに美しい人がこの世にいたのか！

それはエルンストの惚れた欲目が多分に含まれていたが、獣人の美醜《びしゅう》感覚からすれば、エルンストの感慨もあながち間違っているとは言い難かった。

なんと言っても獣人族は、髪や耳、尻尾の色つやに性的な魅力を感じる生き物なのだ。

「もうっ！　いつまで呆けてるんや！」

「い、いや……セリーナがあんまり綺麗になってるから驚いて……」

これは……反則だろう。

昔から可愛いとは思っていた。それでもまさかこれほど美しくなるとは、あの頃の自分の先見の明を褒めたい。

「いややわあ……エル兄もそんなお世辞《せじ》を言う歳になったんやね」

そう言いつつも、まんざらでもないセリーナである。

かつてのエルンストは、近所のちびっこたちの間でルックス、腕力、統率力すべてにおいて、ナンバー1で憧れの存在だったからだ。

「そんな……俺はお世辞なんて！」

本気でエルンストはセリーナに見惚れた。二度目の恋に落ちたと言ってもいい。

しかしその熱い恋情をうまく言葉にできるほど、エルンストは気の利いた男ではなかった。

「うんうん、わかっとるって。エル兄が器用に女が喜ぶ台詞を言えるわけないって」

セリーナはうれしそうに破顔《はがん》する。

嘘やおためごかしでなく、エルンストが心から自分を称賛してくれているとわかるからであった。

そんなセリーナの無防備な笑顔が、腕の届くすぐ傍にある。

エルンストは、自分の理性が音を立ててちぎれ飛ぶ音を聞いた。

「――会いたかった！」

万感の思いとともに、エルンストはセリーナのグラマラスな身体を抱きしめた。

鼻をくすぐる魅惑的な香りは何の香水か、朴念仁《ぼくねんじん》のエルンストにはわからない。

かつての記憶にはないほどよい肉感と、エルンストの硬い胸を押し返してくる弾力のある巨乳に頭がくらくらする思いであった。

急に抱きしめられてうろたえるかと思いきや、セリーナはごく平然とエルンストの抱擁を受け入れた。

久しぶりに再会した幼なじみのお兄ちゃんはあくまでもお兄ちゃんであって、懐かしい記憶の延長と受け取っていたからである。

「もう、そんなに会いたかったん？　エル兄」

にへへ、とセリーナは面映《おもは》ゆそうに笑う。

父の行商について行った程度の自分が、こんなに大事に思われていたことが単純にうれしかった。

そう、彼女にとってエルンストは過去から現れた思い出のようなものだった。

しかしエルンストにとっては違う。少年のころからずっと想い続けてきた、いつかきっと迎えに行くと誓《ちか》った恋しい恋しい相手である。

互いの体温を感じるような至近距離で、破壊力抜群の笑顔を見せつけられたエルンストが感極まってしまうのも無理からぬことであった。

感情の命じるままに、エルンストはセリーナの肩を抱き、その瑞々《みずみず》しい唇に口づけようと顔を寄せた。

エルンストの様子がおかしい、と気がついたときには遅かった。

咄嗟に離れようとするが、生粋《きっすい》の武官であるエルンストに肩を拘束されてはピクリとも動くことができない。

瞳を閉じて意を決したかのようにゆっくり近づいてくる唇を、セリーナは顔を背けることでかろうじて避けた。

「……セリーナ？」

唇の感触が予想したものと違った――頬だったのだから当然である。

違和感に目を開けエルンストが問いかけた瞬間、肩を抱いていたセリーナへの拘束が緩んだ。

「なにさらすんじゃこの色魔《しきま》があああ！」

「へぶるあっっ！」

まだエルンストに抱きしめられているにもかかわらず、震脚《しんきゃく》と腰の回転だけで全体重を拳に乗せたセリーナのアッパーがさく裂する。

かつてバルドを悶絶《もんぜつ》させた、一流の戦士でも回避不可能な見事な一撃であった。

「乙女の唇をなんやと思ってるんや！　このあほんだらっっ！」

ぜえぜえと荒い息を吐きながら怒り心頭に発しているセリーナに、エルンストは身も世もなく平身低頭して謝罪する。

「す、すまない！　セリーナが魅力的すぎてつい……本当にすまない！　君が嫌なら結婚まで手は出さない。誓うよ」

「……はっ？」

突如エルンストの口から漏れた結婚という言葉に、セリーナは口を開けて呆けた反応を返した。

何か恐ろしいすれ違いが発生している予感がした。

「……念のために聞くんやけど、誰と誰の？」

「俺とセリーナに決まってるだろう？」

激情のあまり、セリーナ渾身のバックハンドブローが再びさく裂した。

「ふごおおおおっ！」

顔面の急所である人中を見事に捉えたセリーナの拳に、数メートル吹き飛んだエルンストは転がりまわって悶絶した。

「乙女最大にして至高の夢、結婚を穢《けが》した罪は重いでえ」

「た、確かに結婚の話は先走ったかもしれないが、俺たちは婚約者じゃないか！」

「な、なんやて？」

もしかして自分は「大きくなったらエル兄のお嫁さんになる！」とかベタなことを言ったのだろうか？

そんな不安に駆られて、セリーナは必死に過去の記憶を辿《たど》った。

もちろんそんな台詞だけで婚約になるはずもないが、心理的負い目にはなる。

だがどんなに必死に思い出しても、それらしき記憶はひとつも思い浮かばなかった。

同時に、エルンストもようやくセリーナの反応を見て、自分の認識とすれ違っていることに思い当った。

「もしかして……覚えてないのか？」

「お、覚えてないって――何をや？」

無理もないかもしれない、とエルンストは合点《がってん》する。

あのころのセリーナは確か八歳か九歳か。大人と同じ判断ができるとは言えない年齢である。

その可能性を無意識に否定していた自分が情けない。

「あれは確か、お前が最後にエレブルーの街に来たときのことだ。母親が転地療養《りょうよう》するからしばらく来れないと言っていたな」

エルンストの言葉で、セリーナの脳裏に当時の記憶が蘇った。

このときすでに難病を患《わずら》っていた母の治療法を探すため、父マスードは大陸中を駆け巡っていた。

その帰りを待つ間に母のために、温暖で空気のよいマウリシア南部のサウサンプトンに、一時的に移住したことがあった。その後マスードが商会を立ち上げ、腰を落ちつけたのがコルネリアスである。

もうエル兄に会えなくなるのが哀しくて、お別れの時には随分泣いたっけ。

「別れの前に、再会を誓うために獣神様の神殿に行ったのを覚えているか？」

「――ああ！　覚えとる覚えとる！　神官のカシム様はお元気？」

「今じゃ王都の司祭様さ」

うれしそうにエルンストは目を細めた。あのときのことをセリーナが思い出してくれたのがありがたかった。

「それで大人になったらまた会おう。いや、俺からきっと会いに行くと言って、生え換わった牙《きば》を渡したよな？」

「うん、今でも大事に持っとるよ」

虫歯の跡ひとつない純白の見事な牙だった。

幼心に、とても大切なものをもらったのがわかって感激したものだ。

「それでセリーナは、泣いて感激して俺の頬にキスしてくれた」

幼い日の自分を思い出して、ボッと湯が沸くかのようにセリーナは首筋まで赤く染まった。

確かに、やった。

まだ恋とも言えぬ淡い気持ちとともに、精一杯の勇気を振り絞ってエル兄のほっぺにキスしたことを回想し、セリーナは愕然とする。

「思い出した？」

「うう……思い出したけど、思い出したけど、そんなん時効やん！」

再びのちぐはぐなセリーナの発言に、エルンストは考えたくもない違和感の正体に気づいた。

「……セリーナの母親は難病で寝たきりだったな」

「内臓が腐るっちゅう治療の方法もわからん厄介な病やったわ」

それでも奇跡的に長生きしたのは父の愛情の賜物だったのだろう。

最後は間抜けな死に方をした父だが、その点だけは世界中に誇れるとセリーナは思っている。

「獣人族特有の儀式や作法について聞いたことは？」

「ほとんど聞いたことないわ。物心ついたときにはおかんは倒れてたし、マウリシアには獣人がほとんどおらへんしな」

「やっぱりか……」

見ているほうが切なくなる絶望を絵に描いたような顔で、エルンストはがっくりとうなだれた。

「ふはは……道理でおかしいと思った。いや、セリーナの母親を一度も見たことがない時点で想定してしかるべきだったか？」

「な、なんや！　どういうことなんかはっきり言ってや！」

壊れたように笑うエルンストの表情に不吉な予感を禁じ得なかったが、セリーナは問わずにはいられなかった。

「獣人族の男にとって、牙が生え換わるのは成人と同義だ。そして抜け落ちた乳歯を女性に預けることは求婚を意味する」

ゴクリ。

嫌な予感がセリーナのなかでどんどん大きくなっていく。

無意識に生唾を呑み込んで、それでもセリーナはエルンストの言葉に聞き入った。

「求婚に対する返事は簡単だ。嫌なら牙を返せばいい。承諾するときは牙を受け取り、男に口づけをすることで婚約は成立する」

「！」

そうじゃないかとは思っていたが、やっぱりそうだった。セリーナは幼い日の迂闊《うかつ》な自分を呪った。

その様子を見たエルンストは自嘲《じちょう》とともに笑った。残念だし未練だが、何も知らなかったセリーナに罪はない。

それにこうしてまた出会えたのだから、改めて彼女の心を射止めれば済むことだ。

婚約の無効を告げようとエルンストが決意しかけたそのとき、セリーナの一言が全てをぶちこわした。

「困るわそんなん……だってうち、もう別に婚約者おるし……」

ピキリ、とエルンストの表情が嫉妬で歪《ゆが》んだのを、誰も責めることはできないだろう。

「――誰のことかな?」

獲物を狙う狩猟者の眼で、エルンストはまだ見ぬ婚約者とやらの存在を尋ねたのだった。

じくじくと痛む胃痛と戦いながら、バルドに与えられた貴賓室を訪れたノルトランド帝国皇太子グスタフは告げなくてはならなかった。

「獣人族にとって神聖な行為ということもある。何より獣神の神官が立ち会っていて、しかも父親のマスード氏が承認しているのだから、遺憾《いかん》ながらこう言わざるをえない――」

グスタフは間違ってもバルドを敵に回したくはないし、ガルトレイク王国との敵対関係が継続中である以上、マウリシア王国を敵に回すのは論外である。

しかし国防で主力となる精鋭の獣人族を敵にすることは、それ以上に避けなければならないことであった。

ノルトランド帝国で獣人族の占める地位は、他国とは比べ物にならぬほど大きいのだ。

「法的には、セリーナ殿の婚約者はいまだエルンスト・バルトマンということになる」

「それは、セリーナを引き渡せということなのですか？」

自分でも恐ろしいくらい心が冷えていくのをバルドは自覚した。

今すぐグスタフを叩き出したい衝動をかろうじてバルドは抑えつける。

どうやら自分は思っていたより、ずっと嫉妬深い性格をしていたらしい。

国の権力に物を言わせればセリーナを奪えると思っているのなら、それが大きな間違いだということを思い知らせてやる。

こうなると辺境伯に任じられたのは僥倖《ぎょうこう》だった。場合によっては本気で軍事的な脅しをかけることも不可能ではない。

みるみるうちにバルドの人相が凶悪になっていくのを見て取ったグスタフは、慌てて両手を振って説明が足りなかったことを詫《わ》びた。

「も、もちろんこれは、マウリシア国内で適用されるものでは全くないよ。というより、我がノルトランドでも効果は限定的だ。なぜならこれは、あくまでも獣人族の間で通用する法なのだから」

もちろん、無視できるほど効力がないわけでもなかった。逆に言えば獣人族であるかぎり、その適用範囲はノルトランドに留まらないからだ。

「セリーナさんが単にマウリシアの人間であれば、それほどの拘束力はなかったのだが……セリーナさんは我が国の獣神殿で洗礼を受けてしまっている」

洗礼は獣人にとって、言わば戸籍のようなものである。

基本的に獣人は洗礼を受けた獣神殿で結婚式を挙げるし、死ねばその神殿の地下で眠りにつく。

そんなわけで、洗礼を受けた獣神殿で司祭の立ち会いのもと交わされた婚約は非常に重要で、神聖な契約と見なされるのであった。

今の状況を考えると、神の誓約を守らせるために実力を行使しようという輩が出ないとも限らない。

むしろあの愛すべき脳筋連中の中には絶対にいるはずだ、とグスタフは考えていた。

万が一その過激派にセリーナが誘拐されるようなことがあれば、最悪両国は戦争となる。

グスタフにとって敵に回したくない男ナンバー1であるバルドが、本気でノルトランドを攻撃にかかるなど悪夢でしかなかった。

ゆえにこそ、グスタフはこの事態を内々で済ませようとせず、直接釈明《しゃくめい》に訪れたのである。

「なるほど、獣人族にとって重要な儀式であることは理解しました。そのうえでセリーナをどうされるおつもりなのか？」

もしもグスタフが国の力を背景にセリーナを引き渡せなどと言うのなら、バルドは迷わず戦争を選択する決意を固めた。

たとえそれが国際情勢にそぐわないものだったとしても、あるいはマウリシア王国自体が敵に回るとしてもその決意は変わらない。

「それは――」

グスタフが口を開きかけたそのとき、貴賓室のドアが弾かれるように開かれた。

「バルド！　バルドバルドバルド！　迷惑かけてごめん！　嫌いにならんといて！」

勢いよく抱きついてきたのはセリーナである。

その綺麗な目もとが涙に濡れているのを確認して、バルドは優しく抱きしめつつも、怒りに血の気が上《のぼ》るのを自覚した。

「大丈夫。嫌いになんてならないよ、絶対に」

「ううっ……かんにんなあ」

うちひしがれてはいるが、ドレスの様子から察するに乱暴された形跡はない。

新たな婚約者の存在というのが、よほどショックだったのだろう。

セリーナの温かい体温を感じ、彼女の存在の大きさを再認識するバルドに、冷たい男の声がかけられた。

「貴殿がセリーナの男か」

その声音を聞いただけで、バルドはこの男がセリーナの婚約者を名乗る者だと確信する。

「そういう卿は誰かな？」

「ノルトランド王国騎士エルンスト・バルトマン。セリーナの婚約者だ」

「うちの婚約者はバルドだけやっ！」

犬歯を剥き出しにして、セリーナはバルドに抱きついたままエルンストに怒鳴る。絶対に離れまいと、バルドの背中に回された手に力が入った。

「――獣人族にとってはそうではない」

長年ずっと心に想ってきた幼なじみが初めて見る男にすがりついている様子は、思いの外エルンストの精神を打ちのめした。

セリーナのためにつらい修業に耐え、男として腕を磨いてきた。

それが理不尽な感情であることをわかっていながらも、エルンストは我慢できず、親の仇でも見るような目でバルドを睨みつける。

まるで女のような優男ではないか。もっとも、それなりに腕が立ちそうではあるが。

少なくともバルドが武人として決して無能ではないことだけは、エルンストも認めぬわけにはいかなかった。

そこは素直に認めなければ、獣人としての誇りと名誉が失われる。

互いに全く視線を逸《そ》らそうとしない二人の剣呑《けんのん》な空気に、グスタフはキリキリと痛む胃を押さえて口を挟んだ。

「獣人族にとっては、そういうことなんだよ。困ったことに。私としてはマウリシア王国と敵対するつもりはないが、獣人族の顔も立てなくてはならない。我が国の国防に獣人族は欠かせないのでね。そこで提案なのだが――」

グスタフに課せられた難題を解決するには、バルドの協力が絶対に必要であった。

正直この提案を断られたら、グスタフには次善の策がない。

本当は大声で喚《わめ》き散らして八つ当たりしたいストレスのなか、グスタフは努めて温和な口調で言った。

「バルド卿とセリーナさんに我が国までお越しいただいて、正式に過去の婚約を破棄して欲しいのだ」

「……はっ？」

今にも二人の仲を引き裂かれるのではないか、と警戒していたバルドとセリーナは、抱き合ったまま目を点にした。

「人間であるバルド卿がわからぬのは仕方がないが、歴とした獣人族であるセリーナがそんな有様では、すぐにまた問題が起きるぞ。だいたい俺が、嫌がる女を手篭《てご》めにするような男だと思っていたのか？」

エルンストがジト目でセリーナをなじると、子供のころのようにセリーナは首をすくめた。

「か、かんにんやエル兄……」

「もっとも正式に破棄されるまで、離れていたお互いの時間を埋める努力はさせてもらうがな。俺はまだセリーナを諦めたつもりはない」

「ふえっ!?」

婚約という事実にひたすら惑乱していたセリーナは、自分がかつて憧れた幼なじみに求婚されているのだということをようやく自覚した。

もちろんバルドに対する想いに変化などないが、それでも羞恥で顔が赤く染まってしまうのは我慢できなかった。

「――これは、まだ脈はあるかな？」

「微塵《みじん》もないから潔《いさぎよ》く諦めろ！」

セリーナの顔をエルンストから隠すように、バルドはぐい、と胸の中に引き寄せた。

普段の態度からは想像もつかないバルドの激しい独占主張に、これはこれでなかなか幸せなセリーナであった。

「にゅふふ……」

どうやら一触即発の事態は避けられたらしい、とグスタフは胸を撫で下ろす。

「補足させてもらうと、本来婚約の破棄には保証人となった父親のマスード氏の立ち合いが望ましいのだが、亡くなられてしまったので保護者としてバルド卿に代理を頼みたい」

「おとん……うちに何も言わんとこんなことしとるなんて……」

今にして思い返せば、母の病状の悪化とともに流れてしまったが、父は母の故郷であるノルトランドへの移住を考えていた節《ふし》がある。

おそらくエルンストとの婚約も、愛する娘の将来への保険のひとつ程度の認識だったのではあるまいか。

本人の意識とは無関係に、こうして見事な地雷フラグを設置するのが父だった。

「マスード殿のせいばかりではないぞ。お前、リセリナ伯母《おば》さんを忘れたのか？」

「リセ……リナ？」

すぐに母の病状が悪化したせいか、当時の記憶はエルンストと遊んだ楽しい思い出を除くと曖昧《あいまい》ではっきりとしない。

確か恰幅《かっぷく》のいい伯母さんに怒られたりお菓子をもらったりしたような、そんなうっすらとした記憶がないではないが。

「お前の母親の姉だ。今も元気で雑貨屋《ざっかや》をしているぞ」

「えええっ！　うちに伯母さんいたんっ？」

父方の叔父しか親族を知らなかったセリーナは驚いた。

母の死が近づいてから、マスードは人が変わったかのように怪しい治療法に没頭していたから、聞く余裕がなかった。

唯一知っていた親族が、かつてセリーナを苦しめた性質《たち》の悪い父の弟であった。

「その様子だと、一緒に遊んだダニエルとルディも覚えていないだろう。薄情な奴だ」

「ううっ……返す言葉もないわあ」

そう言いながらもエルンストは、セリーナが自分だけはしっかりと覚えていたことで機嫌をよくしていた。

「婚約を放置しておくと、セリーナの親族も恥さらしと呼ばれるんだぞ？　下手をすれば獣人社会で縁を切られかねない」

獣人族の連帯は二つの要素で構成されている。

ひとつには獣神への信仰であり、もうひとつが一族の団結であった。

縁を切られるようなことがあれば、その家族がノルトランドで暮らしていくことは難しいだろう。

個人的な問題と考えていたセリーナは、全く想像もしていなかった人々に問題が飛び火しそうなことに改めて背筋を震わせた。

「ちょうどいい機会だから、リセリナ伯母さんに顔を見せてやれ。多分、お前の母親によく似ている。マスードさんがそう言っていたからな」

「……そうなんや」

言われてみれば、母に似ているという伯母の姿が見てみたくなった。

今となっては、唯一の血のつながった親族であるかもしれないのならなおさらだった。

「セリーナは親戚がいるのも知らなかったのか？」

「おとんとおかんは出来婚《できこん》らしゅうてな。一応うちが生まれて許してもらったんやけど、おかんが病気になってしもうて付き合いが……」

「なるほど」

セリーナにとって親戚であれば、バルドにとっても親戚である。

父方の血筋が途絶えている今、母方の親族が生きているのであれば会わせてあげたい、とバルドは思う。

明るくさっぱりした性格のセリーナだが、今日のように獣人ゆえの差別を受けて平気でいられるほど強くはなかった。

コルネリアスでさえ、完全に差別が存在しなかったというわけではない。

場の雰囲気が収束の方向へ向かっていることを確認して、グスタフは改めてバルドに頭を下げた。

「辺境伯就任の忙しいところを済まぬが、このまま同行してもらえるか？」

「セリーナのためとあらば是非もありません」

「バルド……」

そのまま二人の世界に入ろうとするセリーナとバルドを、乾いた拍手の音が遮《さえぎ》った。

グスタフの妻ベアトリスと、その妹レイチェルである。

「――話はついたかしら？」

妖艶《ようえん》な笑みを浮かべたベアトリスに、グスタフは額の汗を拭う仕草《しぐさ》をして頷いた。

「どうにか決裂は避けられたよ。一時はどうなるかと思ったが」

「こっちだって大変だったのよ！」

ベアトリスは細くくびれた腰に憤然と手をやって胸を反らす。

「レイチェルったら、ウェルキンお父様に仲裁をお願いしようとするんだもの。そんなことをしたらいきなり話は国家問題よ。ちょっとあの子の将来が心配になるわね……」

「それはなんというか……すまん」

よくぞレイチェルを止めてくれた――ゾクリと背筋に冷たいものが走るのを、グスタフは抑えられなかった。

ウェルキンは悪辣《あくらつ》ではないが、こうした失点を見過ごすほどお人好しでもない。危うく、大きな借りをマウリシア王国に対してつくるところであった。

「だから心配いらないって言ったでしょ？　レイチェ……ル？」

「私がこんなに心配していたというのに、いつまで抱き合ってらっしゃるのですか？　バルド様」

ベアトリスをも驚かせたレイチェルの絶対零度の視線に、ようやくバルドとセリーナは自分たちが抱き合ったままであると気づいた。

いや、セリーナは顔を真っ赤にして茹《ゆ》で上がっていたので、この場合、バルドが正気を取り戻したと言うべきだろう。

「あっ……」

慌ててバルドがセリーナの肩を掴んで距離を取ると、セリーナは温かいバルドの体温が離れていくのを感じて物足りなそうな表情を浮かべる。

男の庇護欲《ひごよく》をそそらせるその蕩《とろ》けたような色気に、不覚にもバルドの心臓はドキリと踊った。

そしてバルドの瞳を見ただけで、レイチェルはその内心を察する。

このあたりは恋する女の直感力のなせる業《わざ》か。

ピキリと青筋をこめかみに浮かべて、レイチェルはすばやく二人の間に割り込むと、セリーナの手を取った。

「何かあったらいつでも頼ってくださいね。乙女の恋心を弄《もてあそ》ぶ輩に好きにはさせませんから！」

「は、はい」

レイチェルの剣幕に押されてセリーナは引き気味に頷いた。

「まったく……乙女の恋心を弄んでいるのはいったい誰なのやら」

ベアトリスは、暴走する妹の若干たくましくなった姿に悪戯っぽく微笑んだ。

「ほんと、愛されてるわ。そう思わない？　バルド卿」

ベアトリスが言い終わるか終らないかのうちに、いきなり入室してきた黒髪の女性が、血相を変えて弾丸のようにバルドへと突撃した。

「獣人の騎士から決闘を申し込まれたって本当か！」

「どこからそんな話を聞いたのか知らないけど、間違いだよウラカ……」

「まったく私がロドリゲスの奴に騙されなければ……バルド！　今日は空《あ》いているのか？」

「それが急なことに、ノルトランド帝国まで行かなくてはならなくなりまして……」

「ずるいっ！　ずるいぞバルド！　もっと私の相手をしてくれたっていいじゃないか！」

本当はこんなことやそんなことや、あまつさえあんなことまでしてしまうつもりだったのに……子供のように落ち込んだウラカは必死にバルドの肩をゆすった。

「はいはい、お嬢様、時間切れ――」

「残念だったなウラカ殿、またの機会を待とうではないか」

遅れてやって来た、まるで能面のように笑顔を貼りつけたホセとロドリゲスに両腕を掴まれて、ウラカは涙ながらに絶叫した。

「私は絶対に諦めないからなあああああ！」

第三章

獣　神　殿　へ

マウリシアからノルトランドへの道は、険《けわ》しいモールテナス山脈を越えていかなくてはならない。

目的地の獣神殿のある都市エレブルーが、比較的マウリシアに近いのが救いである。

お世辞にも整備されたとは言い難い悪路を、バルドたちを乗せた馬車はゆっくりと移動していた。

幸い、ノルトランド帝国御用達《ごようたし》の馬車にはスプリングと羽毛のクッションが惜しげもなく使用されており、座っているのが苦痛なほどお尻が痛くなる事態は避けられた。

「ああ、ルディって赤毛の靴屋の子なんや！」

「ようやく思い出したか」

そんな中、セリーナとエルンストは昔話に花を咲かせていた。

やはり子供のころの思い出はとりわけ美しいものである。

長い年月のなかで楽しかった思い出だけが純化され、大人になるに従って失われた純真さやしがらみのない解放感が、その記憶を特別なものに思わせるのだ。

「ダニエルとルディは結婚してな。今じゃルディも一児の母だ」

「うそっ？　ルディってうちよりひとつ年下やなかったん？」

「年を考えれば、セリーナにも子供がいてもおかしくはないんだぞ？」

「う、うぐっ……」

アウレリア大陸世界で女性の適齢期は、各国によって多少の違いはあるが、十八歳前後である。貧しい農村や、逆に上流の貴族はもっと早く婚姻を結ぶことも多い。

こうしてバルドとの婚約が叶ったものの、危うく嫁《い》き遅れになるところであったことをセリーナは自覚していた。

「あのルディがおかんやなんて……」

まだ男女の性差がなかった昔、ルディはそばかすに赤毛が特徴的なお転婆《てんば》だった。女らしいところが何も思い浮かばないだけに、幼なじみがいつの間にか母となっていることに違和感を覚えずにはいられなかった。

「何を言ってるんだ。ダニエルなんて、しばらくはセリーナを男の子だと思っていたぞ?」

「なんやて?」

聞き捨てならない台詞にセリーナは眉尻を釣り上げる。

「というか、髪をショートカットにして、川に行けば真っ先に服を脱ぎ出すお前をそう思うのは自然なことだろう?」

「あ、あれは子供のころの話やん!」

「正直セリーナと男子の違いは、ついてるかついてないか、しかなかったからな。ルディだって最初はセリーナを男だと思ってたし」

「いややわあ……それじゃなんでエル兄は、うちが女やってわかったん?」

「俺はお前についてないのを確認した」

「こんのどスケべえええええ！」

茹《ゆだ》ったように全身を真っ赤にしたセリーナが、エルンストの腹部に鉄拳をお見舞いする。

「ぐおふっ！」

相変わらず素人とは思えぬ、体重の乗った拳にエルンストは前のめりとなるが、その倒れしな、バルドに向かって勝ち誇ったような視線を向けた。


（……喧嘩を売るなら買ってやる！）

自分の知らないセリーナを得々と語られることに、バルドが嫉妬を覚えぬはずがなかった。

せっかくセリーナが楽しそうにしているから空気を呼んで我慢していたが、そちらがその気なら遠慮する必要はない。

「きゃっ！」

問答無用でセリーナの肩を抱き寄せると、バルドはセリーナの頭に鎮座《ちんざ》する犬耳を愛おしそうに撫で始めた。

「初めて耳を撫でさせてもらったときは殴られたよね？」

「あ、あれはバルドが耳を舐めようとしたからや！　ばか！」

そう照れつつもバルドに優しく撫でられて、セリーナもまんざらではない様子である。

「な、舐めようとしただと……!?」

エルンストはあんぐりと口を開けて愕然とした。

幼なじみのエルンストですら、セリーナの耳に触らせてもらったことはない。獣人族の女性は、心を許した異性にしか耳を触らせないのだから当然のことだ。

しかも耳を舐めるなどという高度な所業《マニアック》は、果たして実の夫婦でも実行する者がいるかどうか。

まさかそこまでセリーナとバルドが進んでいたとは、エルンストとしても予定外のことであった。

「……ふっ」

頬を染めて撫でられるがままのセリーナを抱きしめて、バルドは会心の笑みを浮かべる。

その勝ち誇ったような表情に、エルンストの闘争本能に火がついた。

（いいだろう。その喧嘩《けんか》、受けて立つ！）

「知っているか？　セリーナはおへその隣に小さなほくろがあることを？」

「なななな、なんでエル兄がそれを知ってるんや！」

見えないとはわかっていても、セリーナは思わず、服の上からおへそのあたりを両手で抱え込んだ。

さすがのバルドも、この爆弾発言には驚きを禁じ得ず目を剥《む》いた。

二人の動揺を楽しむように、エルンストは悠然と笑う。

「忘れたのか？　俺たちは昔一緒にお風呂に入っていたじゃないか」

「な、なんだとおおおおっ！」

なんといううらやま……いや、けしからんことを。

婚約者でありながら、いまだ自分も見たことのないセリーナの裸体を、この男は余すところなく目撃しているというのか！

「急に何言うんや！　エル兄のいけず！　そんなん子供の頃の話やないか！」

「確かに、胸が膨らむより前の話ではあるがな」

「——死ね」

鼻たかだかに胸を反らしたエルンストの顔面を、セリーナの鉄拳が粉砕した。

何かをやり遂《と》げた漢《おとこ》の顔で、それを甘受《かんじゅ》するエルンスト。

「くっ……僕も見たかった……全裸で戯《たわむ》れる小さいセリーナ……」

「忘れて〜〜！　もう言わんといて〜〜〜！」

「ふっ、年季が違うのだよ、年季が！」

鼻で笑うエルンストにバルドが食い下がる。

「僕が窮《きわ》めたのが犬耳だけだと思うな！　セリーナの尻尾は耳に勝るとも劣らぬほど素晴らしいんだぞ！」

「何ぃっ！　貴様、耳ばかりか尻尾までも！」

鼻から血を流しながらたちまち復活するエルンストも、なかなか剛《ごう》の者であった。

「特につけ根のあたりは敏感《びんかん》なんだ。ここをいじられるときのセリーナの反応なんか、それだけでご飯三杯はいける」

「そ、それほどか……！」

――プチン。

「セクハラもいい加減にせいやああああああ！」

「「えろばっっ！」」

「……主人が粗相《そそう》をいたしております」

「ぷっ……いえいえお気になさらずに……うぷっ！」

バルドたちと丁度背中合わせになった後方の座席では、グスタフとベアトリスが腹を抱えて爆笑するのをこらえていた。

彼らの隣で、聞くとはなしに痴話《ちわ》喧嘩を聞かされていたアガサも、居心地の悪いことこの上なかった。

（よくもまあ、帝国の皇太子夫妻の前で堂々と痴話喧嘩ができるものだわ！）

もっともグスタフとベアトリスは喜んでいるようだから、差し支えはなさそうだが。

「エルンストが……鉄仮面とまで言われてた朴念仁が……」

「うくくっ……耳ばかりか尻尾までも！　ですって……駄目……お腹痛い……」

「笑うのを我慢して呼吸困難になるほどのことですかっ？」

必死に爆笑しそうなのを我慢した二人が、ようやく落ち着きを取り戻すまで、十分以上の時間が必要であった。

「……ああ、苦しかった。私の人生でこれほど苦しい笑いはなかったな」

「耐え抜いた自分を褒めてあげたいわね」

「そこまでして耐える必要があったのでしょうか……」

アガサとしては、早く爆笑してあの喜劇を止めて欲しかったのが本音である。

「そんなもったいないことできないわ。あんなエルンスト、ノルトランドでは一度も見られなかったんだから」

「正直なところ、鉄仮面で淑女の人気者のエルンストさん、というのがむしろ想像できないのですが……」

アガサの前に登場したとき、エルンストはすでにセリーナの婚約者を自称するひょうきんな青年という存在であった。

「エルンストは帝国騎士団長ビョルンの秘蔵っ子でな。剣の腕は帝国でも五本の指に入る。将来性があって容姿《ルックス》もそれなりだから、下級貴族や侍女たちのアイドルなんだ。寡黙《かもく》で素っ気ないところがまたいい、と評判でな」

「彼の細密画《ブロマイド》は帝都でも人気商品なのよ」

「あれがですか……」

ため息を吐きつつアガサは後ろを振り返った。

鼻血を流し、バルドとともにセリーナにKOされている男の姿を見るに、何かが決定的に間違っている気がした。

「あらあら、女の子の夢なんて大抵は勘違いから起きるものよ？」

「身も蓋《ふた》もありませんね……」

それにしても、とアガサは思う。

皇太子夫妻にこれほど可愛がられるエルンストとはいったい何者なのか。

「私たちがエルンストびいきなのが不思議？」

敏感にそれを察したベアトリスは小首を傾げて笑った。

「気にならないといえば嘘になりますね」

「ほら、私ってマウリシア王国の箱入り娘だったじゃない？　ま、正直バウスフィールド令嬢を笑えないのよね。つまり、私も獣人って嫌いだったの」

「ノルトランドを野蛮《やばん》な国みたいに言わないでくれるか、ベアトリス」

「今はそんなこと思ってないわ。でも異文化っていうのは、どちらが上ってものじゃないのよね」

相思相愛の二人ではあるが、皇族の当然の義務として、グスタフには複数の側室がいる。

なかでも寵愛されている獣人の側室アドリアナは、実はエルンストの姉であった。

平民上がりで弓の達人でもあるこの女性を、ベアトリスは激しく敵視した。

「――そのころの侍従武官がエルンストだった。獣人だというだけで毛嫌いし、随分と罵声《ばせい》も浴びせたものよ？　でも顔色ひとつ変えず、彼は私に忠節を尽くしてくれたの。姉に対する侮辱だって聞いていたはずなのに」

今思えば、なぜあれほど頑《かたく》なであったのだろう。

普段のベアトリスであれば、たとえ獣人を嫌悪していても表面を取り繕うことは可能なはずだった。

住み慣れたマウリシアを離れた心理的なストレスが、ベアトリスほどの女傑をもそうさせたのかもしれない。

「そんなエルンストに、私はガルトレイクのスパイに殺されそうになったところを助けられたの。謹厳実直《きんげんじっちょく》を絵に描いたような男よ？　そのあとでアドリアナの弟だと知ったときには、恥ずかしくて顔から火を噴きそうだったわ」

いったいどうして姉の敵である自分をそれほどまでして守るのか、と尋ねたときのエルンストの答えは単純だった。

「我が忠誠を捧げる主、グスタフ様の奥方様でいらっしゃいますので」

情実は公儀《こうぎ》に先んずるべからず。

獣人族には、群れのために死ぬことを名誉とする習慣がある。

エルンストにとってグスタフは群れを統率するリーダーであり、そのために身命を賭《と》すことはこの上ない名誉なのだろう。

そして同じ群れの家族として、ベアトリスも含まれていることが恥ずかしくもうれしかった。

「そのときから、彼は私たち家族の一員も同然なの。そんな事情がなくても可愛くて出来る男なのだけれど」

「彼が――ねえ」

アガサは改めて、だらしない顔を晒したままのエルンストを見る。

その隣ではバルドも間抜けな顔で失神しており、その無防備な表情がたまらなく可愛かった。

なるほど、これが惚れた弱みというやつか。

ベアトリス殿下も、恋愛感情ではないにしろ内面の感情によって、エルンストが可愛らしく見えてしまうのだろう。

その理屈だけはアガサにもよくわかった。


モールテナス山脈は、アントリムのモルガン山系やコルネリアスのフェルブル山塊《さんかい》と違い、非常に標高の高い山脈である。

ちょうどマウリシア王国とノルトランド帝国を分断するように東西に延びていて、両国が争うことなく同盟に近い関係を保っているのはそうした地政学上の問題が大きかった。

「これは……絶景だな」

遥か彼方にアレイスタ湖の青い湖面が見える。

こうして山上から見下ろすと、改めてアレイスタ湖の規格外の大きさがわかった。

同時に、マウリシア王国がいかに水に恵まれた豊穣《ほうじょう》な国であるかということも。

そんなバルドにエルンストが問いかける。

「卿はマウリシアを出たことはないのか？」

「先ごろ強制的にサンファン王国に行かされたのが、唯一の国外出張ですね」

思わずあのときの言葉にはできぬ苦労を思い出して、バルドはそっと眼下の風景に目を向けた。

「なにか悪いことを言っただろうか？」

「――聞かないでくれるとありがたいです」

ふう、とため息を吐くと、息が白くなって溶けていく。

さすがにこの標高の気温は低く、セリーナたちは暖かそうなショールを羽織り、太ももに毛布をかけていた。

バルドは上着をひとつ追加しただけなのだが、寒さは女性の天敵らしい。

「コルネリアスの温かさに慣れとったから、この寒さはきっついわ」

セリーナも寒そうにぺったりと耳を伏せて、しきりと両肩を手でさすっている。

「冬でも半袖で平気だったセリーナとは思えんな」

「そんな子供のころと一緒にせんといて！」

エルンストが言うには、基本的に獣人族は寒さに強いらしい。

セリーナが暖衣飽食《だんいほうしょく》を貪ったと言われても、仕方がないのかもしれなかった。

「そう言えば、最近お腹の周りがふくよかになってませんか？」

容赦のないアガサの追撃に、セリーナは慌てて自分の腹部を隠す。

このところ服のサイズがきついことは、誰より自分自身がよく承知していた。

「油断したんや！　見逃しといて～～！」


「……なんというか、微笑ましいわね」

若干脱力風味だが、実に仲睦《なかむつ》まじい恋人同士の風景だとベアトリスは思う。

彼らと比べれば、ベアトリスとグスタフの恋はあまりにも特殊なものだった。

王族として生まれたからには仕方のないことではあるが、こうして見せつけられると、自分たちもあんなふうに腹に一物のない恋を楽しんでみたかった、と思ってしまうのだ。

「願わくば変わって欲しくないものだが、バルド卿の立場は、もはやマウリシアで誰も無視できぬ巨大なものだ。いささか心配になるな」

グスタフとベアトリスは結ばれるために、両親はもちろん、婚約者候補である重臣や他国の王族まで出し抜かなくてはならなかった。

そこまでの困難はないにせよ、この先バルドには政治的な闘争の中で、様々な圧力と対峙することを求められるだろう。

その最たるものが、レイチェルとシルクという国内最大級の正室候補の問題である。

どちらを選んでも間違いなく大きな禍根《かこん》を残す相手なだけに、バルドはコルネリアス伯の一人息子のままだったほうがいっそ幸せだったのかもしれないと思う。

「まあ、私はレイチェルが想いを叶えてくれることを望むけどね。血のつながった姉妹なんだから当然よね？」

「そうであればいいが、相手としてはランドルフ侯爵家のほうが何かと利益が大きいのが問題だな」

アントリム辺境伯の立場を考えた場合、売れ残りの王女を娶るメリットは彼女が王族という箔《はく》だけである。

領主貴族のバルドは王宮内で官僚として出世するという選択肢はない。

基本的にウェルキンは公正な王であり（お気に入りに対するいじめは除く）、また後継者の王子の数にも不足はないので、外戚《がいせき》となるメリットは少ないのだ。

むしろトリストヴィーに利権を持つランドルフ家のほうが、サバラン商会を身内に抱えるバルドにとって実利が大きいであろう。

ノルトランド帝国としてはベアトリスの妹を娶ってもらったほうが、南部に誕生した新たな辺境伯との関係としては望ましいのだが。

相変わらず続いているセリーナを巡る三角関係を眺めながら、グスタフとベアトリスも昔日の気分を思い出して、どちらからともなくそっと指をからめて手を繋いだ。

山脈を下り始めると、山を抉《えぐ》るようにして刻まれた深い渓谷がある。

タルファラ渓谷と呼ばれるそこは、平野に流れ込むと同時にノルトランドを潤《うるお》す巨大な大河となるのだ。

ノルトランドで豊富な水量を誇る大河はこのタルファラ川だけで、主要産業である製鉄や冶金《やきん》の拠点はほとんどこの川の沿岸に存在していた。

「莫大な雪解け水を蓄《たくわ》えておけるため池を開発できれば、もう少し耕作地を増やせるのだがな」

残念ながらガルトレイクとの紛争を抱えるノルトランドに、そこまで潤沢《じゅんたく》な資金はない。村落レベルで小さな非常用水の備蓄《びちく》があるだけだ。

いつの世も軍事費というのは、高額で生産性の低いものなのだ。

春の雪解けによる増水を知っているだけに、グスタフとしては憤懣《ふんまん》やるかたない様子であった。

ベアトリスがため息をつく。

「たまに、予算と出世のために戦争を続けてるのかと疑いたくなるものね……」

ガルトレイク王国は、実はノルトランド帝国から分離独立した国家である。

ノルトランド帝国建国の折りに、遠征先で現地の娘と恋に落ちたノルトランドの第一王子が初代国王フリードリヒ一世となった。

困ったことにこの王子、王位継承争いに敗れており、弟である第二王子をことのほか敵視していた。そのためガルトレイク王国を建国するや、なんとノルトランド帝国へ侵攻を開始。

そして今も、ノルトランドの真の皇帝はガルトレイク王室であると主張している。

もちろんノルトランド帝国がそれを認めるはずがなく、両国はお互いに折り合いのつけられぬ泥沼の抗争を続けていた。

多くの犠牲、そして多額の軍事費が費消され、今さらやっぱり間違いでした、では済まないのだ。

とはいえ何の成果もなく消耗戦を続けるのも、そろそろ限界ではないか、とグスタフは考えている。

ノルトランドもガルトレイクも決して裕福な国家ではない。

無駄な出費を抑えて、戦争のない調和ある関係に持ち込みたい勢力はきっと少なくないはずである。

しかしノルトランド内での軍部の影響力は大きく、次期皇帝たるグスタフの権威をもってしても、彼らに協力させるのは至難の業であった。

「将来のためにも、エルンストには頑張ってもらわなければ」

忠誠心の厚いエルンストが軍内で出世してくれれば、グスタフの政策も現実味を帯びてくる。

獣人族は軍内部で強い影響力を持っているが、問題なのは彼らの忠誠が、愚直《ぐちょく》に現国王アドルフ四世に向けられているということだ。

エルンストのように、グスタフ個人に忠誠を誓ってくれる獣人は貴重であった。

ただ単に可愛い部下だからという理由だけで、グスタフはエルンストを優遇しているわけではないのである。

「願わくば、この問題が余計な疵《きず》にならんで欲しいものだな」

タルファラ川を下り、マズモットの橋を渡れば獣神殿のあるエレブルーはすぐそこである。

グスタフは、彼方に見え始めた獣神殿を指差して笑顔を見せるエルンストとセリーナ、二人を引き剥がそうとするバルドのお約束な風景を見て、そう思わずにはいられなかった。


エレブルーはモールテナス山脈から産出される鉄鉱石を、豊富な森林資源と水で製錬する典型的な鉱山町である。

甲高《かんだか》い槌音《つちおと》がそこかしこで響き、店先には所狭しと様々な鉄製品が並べられていた。

ていたのだ。

セリーナの父であるマスードは、まさにその鉄製品を仕入れるためにこのエレブルーの街を訪れていたのだ。

「これはすごいな。何人かアントリムに招聘《しょうへい》したいくらいだ」

実のところアントリムのみならず、マウリシア王国の冶金技術はそれほど高くはない。質の良いものが欲しければ輸入に頼らざるを得ないのが実情であった。

「我が国の秘匿《ひとく》技術だから勧誘は勘弁してくれ」

「ですよね――」

農産物の乏《とぼ》しいノルトランド帝国にとって、鉱物資源と製鉄技術は貴重な飯の種なのだ。おいそれと外部に流出などしては目も当てられなかった。

「……うち、なんや思い出してきたかも」

街路にまで零れる鍛冶場の熱気。

重厚で実用性重視のやや煤《すす》けた街並み。

街の広場では獣人と人間の子供たちが、楽しげに笑みを浮かべて追いかけっこに勤《いそ》しんでいた。

そんな情景に、セリーナの遠い記憶が刺激されたようであった。

自分もあそこで駆け回っていたような気がする。

街を東に抜けると、タルファラ川から引き入れられた用水路があって、子供たちの格好の水遊び場だった。

子供のころの自分が、エル兄とダニエルとルディと戯れている光景が蘇《よみがえ》る。

不鮮明でぼやけていた映像が、セリーナの脳内でようやく像を結び始めたそのとき。

「エル兄、いつ戻ったの？」

その声はセリーナの記憶より落ちついた柔らかみに溢れていたが、忘れかけていた特徴的なイントネーションは変わらぬままだった。

「ルディ！　ルディなん？」

短かった赤毛は肩下まで伸び、女性らしい丸みを帯びた曲線が、すでに人妻となった彼女の色気を醸《かも》し出している。

それでも、かつての幼い日の活発な陽気さは健在だった。

「――ええ～と、どなた？」

残念ながら感動の再会というわけにはいかなかったようである。

おそらくは娘であろう、可愛らしい少女の手を引いたまま、ルディは可愛らしく小首を傾げた。

こんな印象的な美女を忘れるはずがないな、と思いながら。

「わからないか？　昔よく俺たちと遊んだ奴なんだが？」

エルンストは意地の悪い笑みを浮かべた。

その挑発を受けてルディはむむ……と深い考えに沈む。

母親の仕草がおかしかったのか、娘も腕組みをしてコテン、と首を曲げる。

二人はそのまましばらく考え込んでいたが、どう記憶を辿っても該当人物に心当たりが見つからないらしかった。

「アニータでもないしバーバラでもない……本当に私の知り合い？」

「ひどいわあ！　うちや！　セリーナやって！」

「はあ？　あなたが野猿のセリーナぁ？　うそでしょ？」

「な、なんちゅうこと言うんや！　誰が野猿や！」

ルディとセリーナの会話を聞いていたエルンストは、こらえきれずに腹を抱えて爆笑した。

「くっくっくっ……信じられないかもしれないが、本当にセリーナなんだ。随分と化けたもんだろ？」

「へえ……あの顔を真っ黒にして木登り上等だったセリーナがねえ……」

「子供のころのことは言いっこなしや！　うちかて、ルディがおしっこをエル兄にひっかけたの忘れてへんで！」

「……ママ、おしっこかけたの？」

思いもかけぬ娘の突っ込みに、ルディは首筋まで真っ赤にして、慌てて手を振って否定した。

「そそそ、そんなはずないでしょ？　いい加減なこと言わないでよセリーナ」

黒歴史を暴き合うことは不毛である。

セリーナとルディはお互いに頷くと休戦に同意した。

「驚いたわね……こりゃエル兄を責められないわ。まさかあのセリーナがこんな美人になるとは」

「なんでエル兄が責められるん？」

「何言ってんの！　エル兄があんたと婚約したと聞いて、いったい何人の女の子が泣いたと思ってるの！」

　密かにエルンストに想いを寄せていた娘は、ルディが把握しているだけで両手では数えきれないはずである。

　その相手が野猿として知られていたセリーナであったために、振られた女性たちはぶつけようのない憤懣《ふんまん》を募らせていたのだった。

　もし母の病がなく、セリーナがノルトランドに来続けていたならば、修羅場が待っていたことは間違いない。

「ふえええっ？」

　懐かしさのあまり忘れていたが、エル兄に求婚されていたことを思い出してセリーナは羞恥に頬を染めた。

「今のあんたを見たら誰も文句なんて言わないわよ。まさかあのセリーナがここまで化けるとはねえ……」

「失礼やな！　うちかて女やで！」

「ま、エル兄の見る目は確かだったってことよね」

ルディはすっかりエルンストとセリーナが結ばれたと信じ切っているようである。

「リセリナ伯母さんには報告した？」

「……何を？」

ようやく気風《きっぷ》のいい姐御肌《あねごはだ》の伯母を思い出してきたばかりのセリーナにとって、確かに亡き母の話など聞かせてもらいたいことはあるが、こちらから報告するようなことはない。

「えっ？　だってエル兄との結婚を報告しに来たんでしょ？」

「へっ？」

真顔で問いかけてきたルディに、セリーナは何かが決定的にすれ違っていることに気づく。

「いやいや、うちの旦那《だんな》はバルドやしっ！」

つい、とバルドを頭から爪先まで眺めたルディは、信じられないとばかりに声を荒らげた。

「うそっ！　やだ、エル兄じゃなくて、こっちのヒョロっとした優男と結婚するって言うの？」

まだヒョロッとした優男に見えるのか、僕は。

久方ぶりの遠慮のない評価に、逆に新鮮さを覚えてしまうバルドだったが、一方のセリーナは肩を怒らせて激昂した。

「ちょっ……うちの旦那になんてこと言うんや！　どこをどう見たってエル兄より格好いいやないか！」

「だってあなた、子供のころはいつもエル兄、エル兄って、どこにいってもエル兄にべったりで、父親と帰るときは大声で泣き喚いたものよ？　こう言っちゃなんだけど、私やダニエルの名前が出てきたことは記憶しているかぎりでは一度もないわ」

恥ずかしい過去を暴露されて、セリーナはぐっと喉を詰まらせる。

実際に再会するまで、ルディやダニエルのことは綺麗さっぱり忘れていたので反論のしようがなかったのだ。

「今はバルドにベタ惚れやもんっ！」

口で勝てないなら行動で、とばかりに、セリーナはバルドに抱きついて抗議の声を上げる。

そんなセリーナの健気《けなげ》な行動にバルドは思わず眉尻を下げ、毛並みのよい犬耳を撫でてしまうのであった。

「ちょっと、あなたどこの誰なの？　セリーナを騙したりしてないでしょうね？」

険しい顔でルディに人差し指を突きつけられて、バルドは苦笑した。

心外なことに、純真なセリーナを誑《たぶら》かす優男だと思われているらしい。

「マウリシア王国アントリム辺境伯、バルド・アントリム・コルネリアスと申します。セリーナがお世話になっていたようで」

「な、何？　辺境伯？　私を田舎者だと思ってからかってるの？」

思ってもみなかった肩書きが出てきて、ルディは目に見えてうろたえた。

エレブルーの領主はエレブルー男爵であり、辺境伯がその遥かに上位であることくらいルディにもわかっている。

少なくとも彼女の知る限り、セリーナはただの平民であるはずだった。

間違っても辺境伯などと結婚できるような身分ではない。まして彼女は人間ではなく獣人なのだ。

「あ～～、ルディ。混乱する気持ちはよくわかるが、彼の言っていることは本当だ。我が主グスタフ皇太子殿下の招聘に応じてお越しいただいた、紛れもない辺境伯閣下だよ」

「えええええええええええええ!?」

ほかならぬエルンストがバルドの言葉を肯定したことで、ルディの頭はパニックになった。

平民が辺境伯に向かって、ヒョロっとした優男とか、結婚詐欺師といった言葉を吐いたのだから、冷静でいられないのも当然だろう。

「もも、も申し訳ございません！」

「気にしなくて構わないよ。セリーナにとって友達なら、僕にとっても友達だからね」

「ももも、もったいないお言葉です！」

深々と頭を下げてから、ルディは改めてバルドを見た。

エルンストほどではないが目鼻立ちは整っており、身につけた衣装や装飾品からは、確かに富貴な商人というより貴族の上品な優雅さが感じられた。

セリーナの相手であるという発言がなければ、あるいはルディも最初からバルドが貴族だと気づいていたかもしれない。

「な、なんでセリーナがおえらいお貴族様と……リ、リセリナ伯母さ～～～ん！」

言い終わらないうちに、まさに脱兎《だっと》の勢いで、ルディは後ろも振り返らずに来た道を疾走《しっそう》していった。

バルドもセリーナも、咄嗟に言葉が出ない。

「あいつ……困ったときにリセリナ伯母さんを頼る癖がまだ抜けてないのか……」

エルンストはため息をついた。

「それにしても、ルディってあんなに思い込み激しかったっけ？」

セリーナは久しぶりに会えた幼なじみの予想外の反応に首を傾げる。どちらかというと、ダニエルの陰に隠れた大人しい少女であった印象だったのだが。

「子供が生まれてだいぶ落ち着いたが、思い込みが激しいのは昔からだぞ。何せその一念でダニエルを落としたんだからな」

ルディがダニエルのお嫁さんになると宣言したのは四歳のころである。

以来、ルディはその幼い日の恋情を疑うことなくダニエルを甲斐甲斐しく世話し、また陰でライバルの女たちを蹴落とし、見事に妻の座を勝ち取ったのであった。

「ひ、人は見かけによらんもんやな」

「そんなことより、早くリセリナ伯母さんのところへ向かうぞ。あの人を暴走させると厄介なことになるからな」

「リセリナ伯母さんってそんな怖い人やったっけ？」

どうにも記憶のはっきりしないセリーナに、エルンストは呆れた視線を向けた。

「俺の剣の師匠だろうが！　全盛期のころのリセリナ伯母さんには、今の俺でも歯が立たなかったと思うぞ！」

「う、うちのおかんのお姉さんなのに!?」

「お前本当に何も知らないんだな。リセリナ伯母さんのビョルク家は代々優秀な戦士を輩出《はいしゅつ》してきた、獣人族の中でも名門なんだ」

「ひえええっ！」

色白で病弱だった母リリアの記憶が鮮明なせいか、まさか実家がそんな家系であるとは夢にも思わなかった。

「父親は何も教えてくれなかったのか？」

「――おかんが床についてからのおとんは人が変わってん……」

エルンストは、自分の一言がセリーナの心の深い部分を抉ってしまったことに気づいて頭を下げた。

「すまん、いらんことを聞いた」

「気にせんといて！　もう昔の話やし」

「とりあえず急ぐぞ！　下手をすればちょっとした戦場になりかねん」

こうしてバルドたちは神殿へ先に向かうグスタフと別れ、ルディの後を追ったのである。


リセリナの家はエレブルーの中心からやや東に寄った場所にある。

家屋《かおく》は質素極まる造りだが、敷地の広さは平民街では飛び抜けていた。

その理由は、ビョルク家は武門の家柄として近在の少年たちを集め、武術の指導を行っているからだ。

出征したリセリナが敵将トールギスを激戦の末破り、戦場でプロポーズした逸話を知らぬ者はエレブルーにはいないと言ってよい。

今ではすっかり中年太りの親父と化したトールギスとともに、リセリナは一線を退き、ここエレブルーで後進の指導に当たっていた。

今でも彼女の武勇を惜しむ声は大きく、帝都で出世したかつての部下によってリセリナ師弟の会が結成されもした。実はエルンストもその会に名を連ねているのは内緒である。

そんな彼女は今日も子供たちの前で剣を振っていた。

「いいかい？　決して腕で振ろうとするんじゃないよ？　剣と一緒に腰を落として、剣先に全体重が乗るように意識するんだ。そうすりゃ……」

リセリナの腰の剣が横に一閃した。

子供たちの目には、いつの間にかリセリナの剣が抜かれて右に薙がれていた、としか映らなかった。

しかし次の瞬間、リセリナの前の丸太は三つに分断され地面へと崩れ落ちていく。

あの刹那の瞬間に、リセリナは三度も剣を振るっていたのである。

そのことに気づいた子供たちは一斉に歓声を上げた。

「まずは素振り百回だ。気の抜けた振り方している奴は、ケツの穴にこの木剣を叩き込むよ！」

「は、はいっ！」

日頃リセリナのしごきを経験している教え子らは、決して彼女の台詞が脅《おど》しや冗談でないと承知していた。

この界隈《かいわい》でリセリナに叱ってもらうといえば、泣く子も黙ることで有名なのである。

子供たちが必死に素振りをする様子に、リセリナは誰もわからないようわずかに目を細めた。

強くなろうとする少年期のひたむきさは、いつ見ても美しく可愛らしく、リセリナを飽きさせることがない。

（ま、エルンストやいつぞやの化け物みたいな逸材になかなかお目にかかれないのが、残念と言えば残念かねえ）

エルンストはリセリナが教えた弟子のなかでおそらくはもっとも強くなった男であり、五歳で入門した時からその才能はピカイチだった。

あれほどの逸材を今一度教育してみたいと思ってしまうのは贅沢なのだろうか。

そんなリセリナの空想を打ち破ったのは、慣れ親しんだルディの悲鳴のような声だった。

「リセリナ伯母さ～～ん！　セリーナが……セリーナが！」

「セリーナ、だって？」

リセリナは思わず耳を疑った。

身体が弱く、難病を患《わずら》ってしまった妹リリアの娘を、リセリナはずっと心配していた。

残念ながら義弟マスードは行商を生業《なりわい》としており、最後の連絡先から転居して以降、音信不通になっていたのである。

まさかそのセリーナが訪ねてきたとでもいうのだろうか。もし、万が一リリアの病が治ったのなら――。

そう考えるとリセリナは居ても立ってもいられず、ルディの声がした方向へ駆け出していた。

およそ百メートルほど先の路地を、息せき切ったルディが走っている。

わずか数秒でその距離を潰したリセリナは、ルディの両肩をわしづかみに揺れ動かした。

「セリーナはどこだ？　一人だったのか？　私に似た女は傍にいなかったか？」

「リリリ、リセリナ伯母さま……そんなに揺らしたら目が回……きょぴぴぴぴぴ」

「わ、悪い……」

ただでさえ全力疾走で息が上がっていたのに、高速で頭をシェイクされたルディは目を回してそのまま仰向けにひっくり返った。

ある意味似た者同士の二人なのかもしれない。


「ふう……ひどいよ伯母さん……」

ようやく人心地ついたルディは恨めしそうな視線をリセリナに向けた。

「悪かったと言ったろうが。そんなことよりセリーナがどうしたって？」

決まり悪そうにしながらも、完全に開き直ってリセリナは猛然とルディに詰め寄る。

彼女にとっては、生き別れた妹の話でもあるのだ。

「ふえっ？　そ、そうだ！　大変なんだよ！　セリーナが辺境伯とかいうえらいお貴族様のお妾《めかけ》さんになってて――」

ルディの頭では、咄嗟に側室という言葉が出てこなかったのが災《わざわ》いした。

いや、もし側室だと言ったとしてもリセリナの反応は同じだったかもしれないが。

「ああ～～ん？　どこの誰か知らないが、うちの姪《めい》に舐《な》めた真似してくれんじゃないの……」

もしかしたら、リリアの治療で莫大な借金を背負ってしまって身を売られたのかもしれない。そして淫獣《いんじゅう》な辺境伯に、こんなことやそんなこと、あまつさえあ～んなことまでも！

「どこ？　セリーナとそのお貴族の野郎はいったいどこっ!?」

完全に戦闘モードに豹変《ひょうへん》したリセリナの様子を見たルディは、ようやく自分がやらかしてしまったかもしれないことに気づいた。

しかし頭に血が上ったリセリナを止められる人間はこのエレブルーにはいないのだ。

運良くエルンストがいてくれることだけが救いであった。

「はわわ……ちょうど鍛冶屋街を抜けてバース広場に入るところだった……かも」

「セリーナ！　今助けるからね！」

一陣の風と化して、たちまち遥か彼方に走り去ったリセリナに、ルディは完全に手遅れな説明を呟いていた。

「セリーナはベタ惚れっぽかったし、見るからに相思相愛だった……んだけど」

乾いた笑いとともにルディは空を見て天に祈る。

セリーナとその旦那に幸多かれ、と。


「な、なんだ？　この地響きは？」

「くそっ！　遅かったか！　構えろ！　来るぞ！」

悪鬼と化したリセリナが、風のように接近してくるのに気づいたバルドは慌てて戦闘態勢に入った。

「ひいいっ！」

鬼気迫るリセリナの闘気に、セリーナは慌ててバルドの背中に身を隠す。

そんなセリーナの怯えた様子をリセリナは完璧に勘違いした。

「セリーナをいじめるのはおめえがあああああっ！」

「あんたは生ハゲかっ！」

身をかがめ両足に力を溜め込んだリセリナは恐るべき速さで跳躍する。

しかしマゴットの神速を身体で知っているバルドは、慌てず身体の軸を三十度ほどずらして、リセリナの突進を逆に投げ飛ばす力に利用した。

「なんだとっ？」

目標がかき消えたと思ったら、いつの間にか空高く投げ飛ばされている自分に気づいて、ようやくリセリナは正気を取り戻した。

そして、これまで幾人もの強者と戦ってきたリセリナは理解した。

バルドが侮《あなど》れない雄敵であることを。

「……ん？」

空中で半回転して着地したリセリナはバルドを見てふと、違和感を抱く。

「リセリナ伯母さん！　この方は……」

誤解を解こうとするエルンストを無視して、リセリナはまじまじとバルドを見つめた。

なんだろう？　この少年、どこかで会ったことがあるような気がする。

いつの間にか、あれほど猛っていたバルドへの敵愾心《てきがいしん》は消えていた。

「……おかしいな……もしかしてお爺さんかお婆さんに獣人いる？　お貴族様は気に障るかもしれないけど、あなたから獣人の気配がするわね」

クンクンとリセリナに匂いを嗅《か》がれて、バルドは恥ずかしそうに首をすくめた。

何、この羞恥プレイ？

「言われてみれば、俺も違和感はあったが……獣人かと言われるとなあ？」

エルンストは半信半疑なようで、しきりと首をひねっている。

「う～～ん……獣人というか……お婆様《ばば》と同じ気配がするのよねえ……」

「司祭長様とですか？」

エルンストとリセリナは通じ合っているようだが、バルドとセリーナは完全に取り残されていた。

「……察するに、彼女がセリーナの伯母さんなのか？」

「たぶんそうやと思う。目もとと口元がおかんにそっくりや」

体形はだいぶ違うけれど、という言葉を、セリーナは本能的な危機感を覚えて呑み込んだ。

人妻だろうと戦士だろうと、体重は女性にとって禁断の話題なのである。

そんなバルドとセリーナのひそひそ話が耳に入ったのだろう。

「そっちの娘がセリーナ？　随分綺麗に育ったじゃないの！　顔立ちはどちらかというと父親に似たのね？」

やや釣り目でシャープな顔立ちのセリーナと違い、リセリナは丸顔で童顔だった。

きっとセリーナの母親もこんな可愛らしい女性だったに違いない。体重と体形は別にして。

「異論があるならここで死合《しあ》っても構わないよ？」

「滅相もございません！」

般若《はんにゃ》のような冷たい目で睨まれたら、もう男は黙るしかないだろう。

いいや、決してリセリナをおとしめているわけではないのだ。ジルコのように鍛え上げられた大柄な肉体は、戦士ならば称賛の目で見てしかるべきものなのだから。

「――リセリナ伯母さん？　ごめんなあ、うち、まだ記憶が曖昧で――」

「細かいことを気にするんじゃないよ！　姪がこうして元気に顔を見せてくれただけでも万々歳さ！」

バンと力任せに背中をはたかれて、セリーナは痛みに顔を顰《しか》めた。

「伯母さん、うちは普通の一般人やから手加減しといてや！」

「なんだい、貧弱《ひんじゃく》だねえ……」

そうは言いながらもリセリナは満面の笑みである。長く行方の知れなかった可愛い妹の娘と再会できたことが、うれしくて仕方がないのだ。

「で、あんたがセリーナの連れだって？」

「バルド・アントリム・コルネリアス辺境伯と申します。リセリナ伯母さま」

「あんたに伯母さんと言われる筋合いはないよ！」

胡乱《うろん》な目でバルドを見つめるリセリナは、ピシャリと二人の関係を拒絶した。

確かに、根っからの平民であるセリーナが旦那だと貴族を連れてきたら、すわ妾か奴隷かと思ってしまうのはやむを得ないことだろう。

警戒も露わなリセリナに、セリーナはむきになって反論した。

「伯母さんがなんと言っても、うちの旦那はバルドに決まってるんやから！」

本気で怒るセリーナの様子を見て、リセリナはようやくバルドが姪に関係を強要しているわけではないと得心した。

「セリーナがそう言うなら構わんさ。ま、私としてはエルンストの坊やと結婚してこっちに戻ってきてほしいんだがね」

「そろそろ坊やは勘弁してください、伯母さん……」

「お前が結婚したら坊やはよしてやるさ」

無頼《ぶらい》な口調に優しさとぶっきらぼうさが同居した佇《たたず》まい。

わりとひどい扱いを受けながら、あまり腹が立たない理由にバルドは思い当たった。

（要するにこの人、母《マゴット》さんに似てるんだ）

これは絶対に敵に回すべきではないな、とバルドは己に言い聞かせた。

「つもる話もあるし、みんなうちまでついといで」

「すまない伯母さん。これから神殿まで行かなきゃならないんだ。皇太子殿下もあちらでお待ちのはずだし」

「それを早くお言いよ！　殿下を待たせるなんて、坊やもえらくなったもんだね！」

「伯母さんが冷静でいてくれたら待たせることもなかったさ」

「……随分と口が達者になったじゃないか」

リセリナとエルンストは互いに不敵に嗤《わら》い合った。

再び高まる緊張をなんとか解こうと、セリーナは必要以上に明るく声を張り上げた。

「ほ、ほら、早く神殿に案内してくれへんか？　うちらこの辺はようわからんし」


獣神殿に向かいながら、セリーナは両親の話を語った。

「――そうかい、あの馬鹿亭主はリリアと一緒に死んだかい」

「はい」

「まったくこんな可愛い娘を残して死ぬなんて罪な男さ。昔からこっちのほうが恥ずかしくなるおしどり夫婦だったがね」

そう言いながらもリセリナの顔は沈鬱《ちんうつ》であった。

幼少時代をともにすごした妹と、その妹を奪っていった人間の男との葛藤《かっとう》――それらセピア色の記憶が蘇る。

行商人であったマスードと獣人のリリアはこのエレブルーで出会った。

互いに一目惚れであったという。

大陸を渡り歩く行商人と身体の弱い獣人の恋は、当然のように周囲の激しい反対にあった。

かくいうリセリナ自身も、どれほど口を酸っぱくして諦めるよう諭《さと》したことだろうか。

「姉さんのわからずやっ！」

ほとんど逆らったことのないリリアが、あのときばかりは声を荒らげて抵抗した。

結局、家族は日頃温厚だったリリアの頑なな意志の前に、屈服を余儀なくされたのである。

「リリアを泣かせたら殺す。いいか？　大陸のどこにいても必ず殺しにいくからな！」

リセリナはそう言ってマスードを脅したものである。

セリーナを残して死んだのは許せないが、リリアの夫として最低限の節《すじ》を通したことは認めてやらなくもない。

それに殺してやろうにも、とっくの昔にマスードは墓の下なのだ。

忘れ形見のセリーナこそが、リリアがこの世界に生きた最後の証であった。

「ところでセリーナ、別にエルンストでなくても構わないから、獣人と結婚してここに残る気はないかい？」

「もう！　しつこいで伯母さん！」

「というか、俺でなくてもいいとかひどくないか？」

「ふんっ！　お婆様が認めなきゃ、エルンストとの婚約だって解消できないんだぞ！」

祖母であり、獣神殿の司祭長でもあるジーナを思い出して、リセリナは改めてバルドを見つめた。

やはり似ている。

顔立ちもどこか似ている気がしなくもない。特に吸い込まれそうな印象の瞳がお婆様にとてもよく似ている。

何より言葉にできない、圧迫感のような、涼やかな風のような、あるいは一握りの戦士だけが持つ鬼気のような不思議な感覚。

(ちょっと見た目がいいだけの人間の男なのに……)

よく鍛えられてはいるが、目を見張るほどのものはない。

それでもバルドが恐ろしく強いであろうことをリセリナは微塵も疑わなかった。

果たしてどれほど強いのか、量りきれないところもまた祖母に似ている。

「……本当にあんたの一族に獣人はいなかったのかい？」

「父と祖父母はマウリシア王国の伯爵家の人間ですが、母方の祖父母までは……。でも母は間違いなく人間ですよ？」

「母親は貴族じゃないのかい？」

「流れの傭兵稼業が長かったので、氏素性《うじすじょう》が知れないんですよ」

（実は亡国の王女だったりするかもしれないのだけど……）

「マウリシア王国ってのは思ったより融通の利く国なんだな。傭兵が伯爵の正室になれるなんて」

「いやいや、うちが特殊なだけですからっ！」

マウリシア広しと言えども、傭兵と結婚するような貴族はイグニスだけだ。

まあ、メイドや商会の会頭《かいとう》と結婚する自分も大概と言えば大概なのだけれど。

「おかしいねえ……私の勘も鈍ったのかねえ」

リセリナはそれでも納得がいかないようで、まだぶつぶつと呟いていた。

「ま、お婆様に会えば何かわかるかもしれないねえ……」

どうやらリセリナはバルド＝獣人の一族説を諦めたわけではないらしい。

そうこうしているうちに、街の中央に位置する獣神殿が姿を現した。


獣神ゾラスを祭るエレブルーの獣神殿は、ガルトレイク王国のアルトムント神殿と並んで『大陸の双璧』と称されている。

小国ではあるが独立国家の一面も持つ、大陸最大の宗教エウロパ教の総大神殿に比べれば見劣りするが、辺境に近い地方都市の建造物とは思われぬ威容は見事と呼ぶほかはない。

エレブルーの鉱山鍛冶が技術の粋を尽くした始祖の英雄ブロッカスの銅像は、実に十メートルに及ぼうという巨大なもので、バルドはあんぐりと口を開けて目を奪われた。

「記憶にあるか？　セリーナ」

「うん、ブロッカス様の銅像は覚えとるわ。まだ神殿は思い出せんけど」

英雄ブロッカスは獣神ゾラスから受けた加護をもとに、超人的な力で北の大地に獣人族の王国を建国したという。その記録は今でも各国の歴史書のなかにも散見することができる。

しかし後継者に恵まれず、英雄の死後たちまち分裂した王国は攻め滅ぼされ、それ以後獣人が国を得たことはない。

大陸における獣人に対する迫害や差別は、王国の滅亡に伴い獣人族がいくつかの派閥に分裂し、各地に散ってしまったことが大きく関係していると言えるだろう。

それでもなお、信仰と団結の拠点としてエレブルー神殿は強い影響力を保持しているのであった。

「リセリナだ！　お婆様はおられるかい？」

「お待ちください。司祭長は皇太子殿下と別室で会談中でございますので」

勝って知ったる他人の家とばかりに、ズカズカと押し入ろうとするリセリナを、神官は身体を張って押しとどめた。

いかにも日頃から困らされているのが明らかで、エルンストは呆れた視線をリセリナに投げかける。

「殿下もいるんだから控えてくれよ。伯母さん……」

「な、何よ！　私だってそれぐらいわきまえてるわよ！」

多少は非難されている自覚があったのか、リセリナは顔を赤くして黙り込んだ。

「――いくつになっても娘っ子気分が抜けんようだな。リセリナ」

「お婆様！」

やがて、リセリナの祖母であるという割には若々しい声が聞こえてくる。

まるでグスタフを後ろに従えるようにして現れた司祭長の姿に、バルドは瞠目《どうもく》した。

白髪で、刻まれた皺《しわ》の深さが年齢を物語っているとはいえ、ピンと伸びた腰と鍛え上げられたしなやかな肢体は四十代といっても通用するだろう。

全身から発散される武威《ぶい》は、バルドによく知る女性の姿を思い起こさせた。

そう、あのマゴットと彷彿《ほうふつ》させる気配である。

「セリーナ、私を覚えているかい？」

ジーナは愛おしげにセリーナの頭を撫でた。

このひ孫に会ったのは、エルンストとの婚約の儀が最後である。

父親似ではあるが、鼻立ちや顎《あご》の線にリリアの面影を見たジーナは胸に抱え込むようにしてセリーナを抱きしめる。

決して小柄ではないセリーナが、すっぽりとその胸に収まってしまったのは、ジーナがリセリナと同じように大柄な女性であったからだ。

「……お姉ちゃん？」

「ああ、そうだよ。ジーナお姉ちゃんさ」

昔、神殿でお婆ちゃんと呼んだら「私はまだそんな年齢じゃない！　お姉ちゃんと呼べ」と怒鳴られた記憶が蘇る。

「お婆様、見栄を張るにも限度ってもんが……」

すでにジーナは八十を超えている。セリーナが小さかった頃でも六十代後半といったところだ。

さすがにお姉ちゃんと呼ばせるのはサバを読み過ぎであると、リセリナは祖母に非難の目を向けた。

「うるさいね。女はいくつになっても若く見られたいもんだろうが！」

いや、それでも八十過ぎでお姉ちゃんはない。

その場にいた誰もが心の中でそう突っ込んだが、賢明にも口には出さなかった。否、彼女の迫力の前に口に出すことができなかった。

「で、そっちの坊やがセリーナの旦那になろうって男かい？」

そう言ってジーナはセリーナを離し、バルドを値踏みするように凝視する。

ジーナのお眼鏡に適《かな》わなければ婚約の解消が難しいと察したセリーナは、無意識のうちにバルドの左腕をぎゅっと握りしめた。

「……面白い」

しばらくバルドを眺めていたジーナが楽しそうに呟いた。まるで子供のころの懐かしいおもちゃを発見したような、不思議な懐旧《かいきゅう》に満ちた表情である。

「ちょいと我慢おし」

そして無造作に腕を伸ばしたジーナは、バルドのみぞおちのあたりに手のひらを当てる。

――次の瞬間。

みぞおちから脊髄《せきずい》を、熱い波のようなものが駆け上がっていくのをバルドは感じた。その圧迫感に思わず顔を歪ませる。

魔法による身体強化で全神経に魔力を送る感覚とも違う、何かもっと別なものが無理やり神経をこじ開けていくような、そんな感覚であった。

「やはりか」

一人何かに納得したようにジーナは尋ねた。

「坊や、マルグリットという名に聞き覚えはないか？」

「――聞き覚えならあります。ちょうどその人を探していましたから。司祭長様はどこでその名前を？」

悲鳴を上げたい気持ちを抑えてバルドは尋ねた。

ジーナの言うマルグリットがバルドの考える人物――トリストヴィーの王女と同一人物だとすれば、とんでもない偶然である。

セリーナの問題がなければ、バルドはその該当人物と思しき母に詰問《きつもん》するつもりであった。

「マルグリットだってえええええ？」

素っ頓狂な声を出して絶叫したのはリセリナであった。

「おい、坊や！　あいつはどこにいる？　こんな歳までどこでなにしてやがったんだ！」

猛然とバルドの肩をガクガクとゆする彼女の顔は、再び鬼気迫っていた。

いったい彼女とマルグリットの間に何があったのだろう？

「あたしはあいつにまだ勝っちゃいないんだ。このまま勝ち逃げなんて認めらんないんだよ！」

「困った孫だねえ。いったい誰に似たんだか……」

ろくに力を入れたようにも見えないジーナがリセリナの襟を軽く引き戻しただけで、リセリナは重機で引っ張られたかのように喉を押さえてむせかえった。

「落ち着きなさい。坊やも探していると言ってただろうが」

「ゴフッ、ゴホッ！　お婆様、可愛い孫にもう少し手加減というものを……」

ゾクリとバルドの背筋が震えた。

エルンストの師匠であるリセリナを容易く制圧した手腕もさることながら、恐るべきは老齢の身体で発揮された規格外の身体強化である。

何気ない動作に秘められたその力に、バルドはマゴットと同じ、人が努力で追いつくことのできない天性を見た。

（……やはりそうか……）

ジーナもまた、バルドが自分に誰の姿を重ねているのかを察した。

であるとするならば、バルドの正体は――。

「司祭長殿はマルグリットを知っておられるのか？」

ジーナとリセリナの発言に驚いたのはバルドだけではなかった。

マウリシアの王宮で話を聞いていたグスタフも、マルグリットの存在には興味を覚えずにはいられなかった。

また、トリストヴィーの王族がノルトランド帝国の獣人族と接触を持っていたということになれば、それは別な意味で安全保障にかかわる問題であった。

「さて、皇太子殿下がいうマルグリットなる人物が、私の知る者と同一かはわかりませぬが」

くつくつと引き攣《っ》れるようにジーナは笑う。

「マルグリットはさる国の要人で、おそらく歳は四十前後になるだろう。司祭長殿の御存じの人物はどうだ？」

勢い込んでグスタフが尋ねるが、ジーナは軽く笑って受け流すだけだった。

「私の知っているマルグリットは獣人の同族でしてな。どこかの国の要人とは、とんと聞いたことがございませんわい」

「むっ……獣人だというのか」

グスタフは考え込むようにして眉を顰《ひそ》めた。

そうなると、同一人物である可能性はかなり低いと思われる。なんといっても、片方はトリストヴィー王国の王女なのだ。

ノルトランドやガルトレイクならばそうした偏見は少ないが、南の大国で獣人の血が王家に入ったなど聞いたこともない。

彼女の母に当たるダリアにしても、その出自は歴とした名門伯爵家の長女であったはずだった。

グスタフは王族の常識として当然のようにそう判断していたが、バルドの考えは違った。

その根拠はと言われれば、勘でしかない。

何よりジーナから感じる気配は、マゴットのものに似すぎている。

だが、齢《よわい》八十を超えるという獣神殿の司祭長とマゴットの接点が、バルドには全く想像もつかなかった。

「マルグリットがそんな御大層な要人のわけがないよ！　あんな血に飢《う》えた狼みたいなお嬢さまがいたらお目にかかりたいもんさ！」

「お前も人のことは言えんと思うがね」

吠《ほ》えるセリナをジーナがたしなめる。

「私はあいつほど誰かれ構わず傷つけたりしないよ！」

「その割には随分仲良くしてたじゃないか」

「仲がいいわけあるかっ！　あれはただ喧嘩してただけだ！　お婆様だって知ってるじゃないか！」

顔を真っ赤にして憤慨《ふんがい》するリセリナは、いい年齢をした母親とはとても思えぬ若い娘のようだ。

「喧嘩に勝てなくて、お前が一方的に追い回していたような気もするが……」

「あいつに勝てたのなんてお婆様しかいないいんだから仕方ないだろう！」

「えっ……？」

これまでグスタフに遠慮して黙っていたエルンストが反応した。

「司祭長様しか勝てなかったというのは本当ですか？」

「この私が勝てなかったんだぞ！　ギッツェもアーロンも相手にならなかったさ」

「本気《マジ》か……」

顔を蒼白にして呻《うめ》いたのはグスタフである。

ギッツェは現在ノルトランド帝国の騎兵総監《そうかん》であり、アーロンは国境防衛司令官で、ともに個人的武勇で他国まで名を知られる人物だった。

そんな人物がいるのなら是非仕官してほしい。リセリナと同じ程度の年齢でも、それほどの武があれば十分に許容範囲内だ。

「司祭長殿、そのマルグリット殿はどこにおられるのだ？　我が国に仕官してくれればそれなりの地位を用意するが……」

ジーナは興奮気味のグスタフをなだめるように首を振った。

「もう二十年以上もあれには会っておりません。今どこにいるかもわかりませんで」

「そうなのか……惜しいことだな」

それでもなお、諦めきれない様子でグスタフは唸《うな》る。

グスタフは帝国を受け継ぐ身として、いずれ王位に就いた暁《あかつき》には、どのような手段にしろ自分の手でガルトレイクとの争いにケリをつけたいという野心がある。そのための人材はいくらいても足りるということはない。

ジーナに迫るという武力は喉から手が出るほど欲しいのが本音であった。

「……お話から察するに、司祭長様が獣人族で一番強いということでしょうか？」

バルドにとっては、にわかには信じがたいことだ。

二十年近く前ならばジーナは六十代ということになる。

六十代でも現役の武将は数いれど、その歳で最強を保つ人間をバルドは聞いたことがない。

「お前は何を当たり前のことを言ってるんだ？」

エルンストは心底不思議そうな顔でバルドに問い返した。

「ジーナ様こそは我がノルトランド帝国最強の軍神、その力は今なお衰《おとろ》えることはない。マウリシアでは『ヘルシングの雷鳴《らいめい》』の名を聞かんのか？」

「ヘルシングの雷鳴って……あの、一人で一個連隊を潰滅させて砦を三つ陥落させたっていう……都市伝説じゃなかったのか！」

他国の歴史ながら、ヘルシングの雷鳴の名は、マウリシア騎士学校の授業に出る程度には有名である。

今から三十数年前、ガルトレイク王国の奇襲攻撃によって、帝国国境の防衛線に大きな穴が空いたことがあった。しかも修復しようにも、肝心の本隊は偽情報によって移動してしまっていた。

ガルトレイク軍の目標のひとつがここ、エレブルーの街であった。

鉱業が発達した武器の供給源であると同時に、獣神殿の中枢であるエレブルーを占領すれば、ノルトランドの戦意を砕き、休戦の交渉でも大いに役立つはずだったのである。

ところが、たった一人の女性が戦局を変えた。

エレブルーを単騎で出撃した彼女は、自分たちが逆に攻められるなど夢にも考えていないガルトレイク軍をヘルシングボリ渓谷で迎撃した。

その苛烈《かれつ》さは、まるで空から雷が落ちてくるかのようであったと、地獄を生き延びた兵士は証言したという。

当初は報告を信じなかったガルトレイク本国だが、その後の調査により、被害がたった一人の女性によって発生したという事実は裏付けられた。

その後ガルトレイクは、たった一人の女を恐れてエレブルーを攻撃目標から外したという噂すらある。

あのマゴットですら正規軍一個連隊を相手することは難しいだろう。

バルドが都市伝説だと思ったのも、無理からぬ話であった。

「……あれ？　ちょっと待ってください、今でも？」

「司祭長様は獣神の加護を受けておられる稀代の巫女《みこ》、年齢で力を失うことなどない」

ぎょっとしてバルドはジーナを見つめる。

個人的武勇でマゴットを凌駕《りょうが》するかもしれない人物に、バルドは生まれて初めて出会ったのである。

「今戦ったらわからんよ？　まだあの頃は、毛も生えそろわないような小娘だったからね」

「何を言うんです！　お婆様があんなあばずれに遅れを取るはずがないでしょう！」

「そうかね」

癖《くせ》なのか、ジーナはくつくつと引き攣《つ》れるように笑った。

「ま、今となっては確かめようもない話だがね」

この話はこれで終わり、とばかりにジーナは両手をパンッと鳴らした。

「――さて、婚約を解消したいというのは本気かい？　セリーナ」

「うん、エル兄には悪いけど、うちが好きなんはバルド一人やから……」

「こんな坊やのどこがいいのかねえ」

ぼやくリセリナを無視して、ジーナはセリーナの手を取った。

「長い間音信が途絶えていたとはいえ、セリーナもまたこの神殿で洗礼を受けた獣神様の子。人と結婚することに迷いはないのかい？」

「ありません！」

迷いのない澄んだ声で、セリーナはきっぱりと言い切った。

ここで迷うくらいなら、最初からバルドを選んだりはしない。

人は玉の輿《こし》と言うかもしれないが、これからずっとセイルーンやアガサというライバル、そして身分のかけ離れたシルクやレイチェルを相手にしなければならない女としての苦労は想像に余りある。

財力なら自分自身の才覚でいくらでも儲《もう》けられるし、獣人族であるセリーナに貴族の身分など何の意味もなかった。ただバルドが好きだからこそ、セリーナは命懸けでついていくだけなのだ。

「よい目じゃ。男を捕まえるときの女はそうでなくてはな」

愛しいひ孫の頭を、ジーナは優しく撫でた。

とはいえ、ケジメはつけてもらわなくてはならない。獣神殿の司祭が仲立ちをした婚約の誓約は、それほど軽く扱ってよいものではないのである。

それにバルドについては確かめておきたいことがある、とジーナは考えていた。

「神との誓約が嘘であったというわけにはいかん。坊や自身が新たな伴侶《はんりょ》に相応しいことを神の前で証明してもらわなくては」

「――要するに？」

嫌な予感に、冷や汗がバルドのこめかみを流れて落ちる。

「神像の御前でエルンストと決闘してもらう。勝ったほうがセリーナの夫になるなんて野暮《やぼ》なことは言わんよ。だが、神に奉ずるに相応しくない戦いを見せるようなら、婚約の破棄は諦めてもらおうか」

「面白いっ！」

エルンストはがぜん乗り気であった。

セリーナの幸せのためとあらば身を引くこともやぶさかではないが、憎い恋仇と一戦交えたい欲求はある。

何よりエルンストの勘は、バルドがリセリナに勝るとも劣らぬ雄敵であることを告げていた。

強敵を前に腕が鳴るのは武人の本能のようなものだろう。

「セリーナの婚約を解消するためとあらば否やはありません」

「ずるいっ！　ずるいぞ！　二人とも！　私だって戦いたいんだ！」

子供のように駄々をこねるリセリナに、ジーナは唇だけをつり上げた暗い嗤いで答えた。

「――心配しなくても、お前は私が後で念入りにしごいてやるさ」

「ごめんなさい！　私もうそろそろ夕飯の支度が……」

たちまち顔を蒼白にして身をひるがえすリセリナ。

あのリセリナを恐怖させるしごきとは、いったいどれほどのものなのだろうか。

「ではついてくるがよい。神にかけて卑怯未練《ひきょうみれん》な行動は慎み、正々堂々全力を尽くせ」

広い石畳みの拝殿へと、ジーナは二人に背を向けて歩き出した。

そして、誰にも聞こえないよう小さく呟く。

「事と次第ではお主に伝えなければならんかも、な」

ジーナ自身にも関わる獣人の秘密が果たしてバルドに受け継がれているのか。

マルグリットの正体やバルドとの関係も、ただ一人真実を承知しているジーナは、巡り合わせとはいえその因縁の深さを思った。

まさか行方不明の自分のひ孫とバルドが結婚するとは、いったいどんな神のいたずらか。

これが神の必然というのならば、バルドには――。

第四章

秘められた過去

獣神ゾラスは狼の頭を三つ、そして人間の体と獅子の尻尾を持つ、獣人族の守護神とされている。その歴史は長く、実はエウロパ教よりも古い。

信者が少数民族のため非常に限定的ではあるが、少なくともここノルトランドに限っては、エレブルーの神殿は絶大な影響力を保持していた。

ちなみに隣国ガルトレイクの獣神ゾラスは猫耳である。同じようにもとはひとつであった獣人族も、おおまかに犬耳と猫耳に分裂しているのが現状だった。

およそ十メートルはありそうなゾラス神像のもとで、バルドとエルンストは向かい合う。

「二人とも得物を選びなさい。魔法は使ってもいいが、あまり広い範囲魔法は使わぬように。互いに胸を張って戦いな。ゾラス様が見ているよ」

両者はともに剣を選び取った。お互い騎士として主戦武器は槍なのだが、こうした決闘の場に相応しいのはやはり剣である。

「コルネリアスが一子、バルド・アントリム・コルネリアス！」

「エルンスト・バルトマン」

「いざ尋常《じんじょう》に」

「勝負！」

互いに剣を傾け一礼すると同時に、エルンストが跳躍した。

獣人ならではのバネで一気に肉薄するエルンストを、バルドは極端に姿勢を低くすることで避ける。すれ違いざまに剣が交差し、キン、と澄んだ音を立てた。

「お見事」

「そちらこそな」

よく見れば軽くバルドの肩口に、剣が擦過《さっか》した跡がある。

完全には避けきれなかったことに対し、バルドはエルンストの身体能力の高さを認めた。同時にエルンストは、魔法なしのバルドにダメージを与えられなかったことで、その実力を見直した。

初手の立ち合いはほぼ互角と言えた。

「バルド！　頑張ってや！」

心配そうにバルドに声援を送るセリーナの隣には、内心ではエルンストを応援したいグスタフがいる。

政治的にバルドを敵に回したくないが、可愛い腹心の恋が実ることを願わないわけがなかった。

それにしても、エルンストと互角に戦えるバルドの武勇には目を見張らされる。

辺境伯であるバルドに求められるのは指揮官としての能力であって、前線で戦う武力ではない。

それでも指揮官が武勇を兼ね備えているほうが、カリスマを発揮することが多いのは歴史が証明していた。

ハウレリアを相手に奇跡的な勝利を収めたのが伊達《だて》ではないと、グスタフは実感したのである。

（やはり英雄の器《うつわ》か……）

平和な治世では英雄は誕生しようがない。乱世の波乱の中でこそ、英雄は産声《うぶごえ》を上げるのだ。

仮にバルドが英雄の相であるとすれば、まだまだ戦いが終わるはずがなかった。

次の相手はトリストヴィーか、アンサラーか、はたまた別か。いずれにしろ絶対に敵に回したくない男であるとグスタフは思いを新たにした。

「どうした？　そのままでいいのか？」

エルンストの問いには無言で、バルドは剣を鞘に収めた。

光学迷彩や摩擦《まさつ》係数を操る魔法を使えば、経験のないエルンストを倒すことは容易いだろう。

こうした拮抗した勝負では虚《きょ》を突かれたほうが敗れる。

鎌鼬《かまいたち》や火球の魔法は想定していても、エルンストの想像力では地球の知識も応用したバルドの魔法に対抗することはできない。

しかしそうした魔法を使わずに勝ちたい、とバルドは考えていた。

勝負に徹するなら、それは無用の余裕であり、油断とさえ言えるかもしれない。

事実、バルドが身体強化以外に全く魔法を使おうとしないことに、エルンストはいらだちを募《つの》らせていた。

今でさえ自分はノルトランド騎士の五指に数えられ、いずれは最強の名を冠《かん》する自信もある。もちろん己の未熟を承知してはいたが、侮られ手加減されるほどではない。

「もう一度聞く。そのままでいいのか？」

「問答無用！」

一刀両断に即答され、エルンストも覚悟を決めた。

決めた以上は全力でバルドを叩きのめす。その結果セリーナとの婚約破棄が認められなくとも、それはバルド自身が招いた禍《か》なのだ。

「言いわけは聞かんぞ！」

エルンストは全身に力を巡らせた。

「うおおおおおおおおおおおおおおおおっ！」

咆哮とともにエルンストの筋肉が盛り上がり、静電気でも発生したように髪の毛が逆立っていく。

獣人族特有のこの現象は、変生《へんせい》と呼ばれる。

人間が魔力によって身体を強化するのとは違い、一時的に気力を高めて限界を超える力を発揮するが、その力は身体強化に勝るとも劣らない。

ただでさえ基礎能力で勝る獣人族が、白兵戦で圧倒的な優位を誇る理由がこれであった。

このままバルドが魔法を使わなければ、身体能力の圧倒的な差の前に蹂躙《じゅうりん》されるだけだ、とグスタフも思った。一体何をバルドは躊躇《ちゅうちょ》しているのだ、と。

エルンストが小刻みなフットワークでバルドを牽制《けんせい》するが、まるで足に根が生えたかのようにバ

ルドは動かない。

（ならば遠慮なく倒すだけだ！）

しかしエルンストがバルドの懐《ふところ》に飛び込もうとした瞬間、生来の勘がエルンストの足を止めた。

まるで剣そのものが、不可視の斬撃を飛ばしてきたような感覚を受けた。

ゾクリと背筋を震わせて、エルンストはバルドが決して手を抜いているわけではないことを確信する。あの剣を鞘に収めた奇妙な構えには、きっとそれなりの理由があるのだ。

（……どうする？）

だからといって、このまま手をこまねいているという選択肢はない。

すでに身体能力で勝る状況で、怯懦《きょうだ》ゆえに守りを選ぶほど獣人族は守戦的ではなかった。好戦的で、攻めに優れるのが獣人族の特質である。

ならば行くしかない。そこにどんな危険があろうとも。

（ちょっと見ない間に成長したもんだ。若いってのはいいねぇ）

ジーナはエルンストのキレを増した動きと、危機察知能力の高さを正しく評価した。

特にこの若さで本能的に危険を察知できる者は少ない。

とはいえ、ジーナの視線はバルドの静止した佇まいに釘付けであった。

（いったい何をしたらあの年齢で、あの構えができる？）

技術的な部分はともかく、それが長い長い年月を経て磨かれてきた体系であることをジーナは看破していた。

そしてそれを修めるのに、どれほどの歳月が必要かということも。

先ほどからジーナの目には、バルドが老成し枯れようとする一人の老騎士のように思えてならなかった。

エルンストがバルドの利き腕とは逆の、左周りに加速していく。

一見、バルドはエルンストの加速についていけないように見えた。

動く半径が小さいはずのバルドの反応が、半径の大きいエルンストに、ほんのわずかずつ遅れていく。

(無駄だ。もうお前は俺を視界に捉えることはできん！)

ついに、完全にバルドの視界の外に身を置いたエルンストは勝利を確信した。

(魔法なしで俺に勝とうなんて甘いんだよ！)

背後からの、完全に死角を突いた斬撃を、スピードに劣るバルドが避けることは難しい。

一向に振り向く気配のないバルドに、エルンストは微塵《みじん》の躊躇《ちゅうちょ》もなく剣を振り下ろそうとしたが――。

「裏抜刀術《うらばっとうじゅつ》、三の法、逆巻《さかま》き」

刹那、バルドは剣の柄《つか》を満身の力で押しこみ、鞘《さや》を加速して打ち出した。

握りしめる剣は日本刀でこそないが、鞘から刀を抜くのではなく、刀から鞘を抜く異形の抜刀術をバルドはその身体で知っていた。

——かつてまだ、蒲生氏郷《がもううじさと》が伊勢亀山に所領を持っていたころの話である。

林崎甚助《はやしざきじんすけ》なる者が廻国《かいこく》修行中、たまたま伊勢を訪れ、蒲生家中《かちゅう》に剣を教えたことがあった。

まだ蒲生家中では新参者だった岡左内もまた、その指南を受けた一人である。

後に林崎夢想流、そして居合術の始祖と呼ばれる林崎甚助から、左内は数多くの技を学んだ。

これは一個の剣士としても、左内が傑出《けっしゅつ》していた証左であろう。

居合に代表される抜刀術は、特に一対一で後《ご》の先《せん》を取る場合に無類の力を発揮するが、そんなことはノルトランドの獣人族には与《あずか》り知らぬ話であった。

バルドは下から巻き上げるようにして鞘でエルンストの剣を打ち払うと、飛燕《ひえん》のように手首を返してエルンストの首筋を打ち据えた。

「間合いにはあれほど注意しろと言っておろうが。馬鹿弟子め」

ほとんど無防備にバルドの攻撃を食らってしまったエルンストに、ジーナは苦々しく呟く。

速度が速い分、カウンターの威力も大きく、エルンストは激しく床に叩きつけられ、うめくしかなかった。

何が起きたのか自分でもよく把握できない。

勝ったと思った瞬間、来るはずのない場所から攻撃が来た。

勝利を確信した瞬間こそ、剣士にとってもっとも危ない時間であるとあれほど教わってきたはずなのに。

自らの未熟に歯噛みしたい思いでエルンストは唇を噛んだ。

だが、完全に勝利したはずのバルドの表情はまるで負けたかのように沈鬱である。

左内の記憶の中の術、理合《りごう》を可能な限り再現したというのに、やはりあの老翁《ろうおう》が目覚めることはなかった。

先日のハウレリアとの戦いを最後に、左内の意識は眠りについたままである。

雅晴は消極的とはいえ呼べば答えるが、左内の意識は呼びかけの届かぬ深い意識の底に沈んだまま干渉を拒み続けていた。

左内の意識とともにすごした感覚を忘れられないだけに、バルドの喪失感は自分で思っている以上に深かったのである。

「それまで、バルド殿の勝ち」

ジーナが高々と手を上げ、短いが濃縮された戦いの時間は終わりを告げた。

「――完敗だ。まさか魔法を封印したまましてやられるとは。まだまだ未熟だと思い知らされたよ」

エルンストの差し出した手を、バルドは自然に握りしめた。

「同じ土俵《どひょう》では勝てなかったさ。だから待ちに徹するしかなかった」

それに左内から受け継いだ知識と経験がなければバルドの勝利はなかった。

身体能力ではエルンストが遥かに上を行っていたことを、バルドは素直に認めていた。

目の前で交わされた武の競演に、観戦していたグスタフは身体が熱く高ぶるのを抑えきれず、ブルリと全身を震わせる。

全盛期のジーナやリセリナの武勇を見たことのないグスタフにとって、バルドとエルンストの立ち合いは、まるで神話の中の戯曲《ぎきょく》のように感じられた。

個人の武として自分が決して辿りつけない高みの存在を、まざまざと見せつけられた気分であった。

一方、ジーナの興奮もグスタフに勝るとも劣らない。まさか完全に技量だけでエルンストを圧倒してしまうとは、予想だにしていなかったのである。

これであれが解放されるようなことがあれば、バルドはどこまで強くなることか。

ジーナはその想像に震えた。

「見事だ。実に見事な戦いだった。獣神ゾラス様も満足されたであろう」

目を細めて労《いたわ》るようにジーナはバルドの肩を抱く。

その肌の熱から、遠い日の思い出が蘇ってくるのをジーナは感じた。

「これほどの戦いを見せられては婚約の破棄を認めるほかあるまい。セリーナを頼むぞ」

エルンストもさっぱりした表情でバルドの肩に手を置く。

長い、長い間心に秘めてきた初恋を、終わらせる時が来たのだ。

今でもセリーナを想えば胸が震えるが、報われぬ恋を未練がましく追い求めるのはエルンストの気性に合わない。

万感の思いと一粒の涙とともに、エルンストはセリーナをバルドに託した。

「どうかセリーナを幸せに……」

「この命に懸けて」

どちらともなくバルドとエルンストは右手を握り合った。

感極まったセリーナは両手で顔を覆い、しゃがみ込んで嗚咽《おえつ》する。

彼女にとっても、それは幼い日の初恋が本当の意味で終わった瞬間であった。

「――破棄に当たって、説明しておかねばならぬ獣人族の秘事がある。悪いがバルド殿は、一人で夜にもう一度訪ねてきておくれ」

ジーナは何かを決意した目で、静かにそう告げた。


薄暗い神殿の一室に、たった一本の蝋燭《ろうそく》の火がゆらゆらと蠢《うごめ》いていた。

窓際に腰かけたジーナの影が、床に長く伸びて、まるで細長い枯れ木のようである。

太いため息とともに、ジーナは遠い昔の記憶を思い出す。

「これも因縁かねえ……」

砂漠で失くした宝石を探し出すかのような奇跡的な確率。それはもはや偶然ではなく、必然の類《たぐい》なのであろう。

バルドがここに来たということは、おそらくそういうことなのだ。

「――待たせましたか？」

「いや、年寄りは時間の感覚が曖昧でね」

張りつめたバルドの声に、ジーナはくつくつと引き攣《つ》れるように笑う。

まだ矍鑠《かくしゃく》として衰えを感じさせないジーナに、バルドは呆れるように肩をすくめた。

「それで？　僕一人を呼び出した理由はなんです？」

「ふむ、婚約破棄の秘事だと言ったはずだが？」

「そんなことを信じているのはセリーナとエルンストくらいなものですよ。グスタフ殿下は間違いなく気づいてますね」

「ま、殿下には借りひとつといったところかねえ」

咳払《せきばら》いとともにジーナの口調が変わった。

「バルド、お前母親に、マルグリットについて聞くつもりかい？」

いきなり核心に踏み込まれたバルドは、ジーナの意図を読み取れなかった。

まさかジーナは、マゴットとマルグリットの関係を知っているというのだろうか。

かといって二人が同一人物である可能性を、ジーナに話すのも憚《はばか》られた。ことはすでに、バルド一人で済む話ではなくなっている。

「……答えられないのも無理はないか。だが賭けてもいいが、お前の母親はシラを切るよ。そのとき、お前はどうするつもりだい？」

「そ、それは――」

言われてみて初めてバルドは気づいた。

これまで自分の出自を、おそらくイグニスにまで隠しとおしたマゴットである。

『マルグリット？　私が王女様って柄《がら》だと思うかい？』

そんな風にとぼけるマゴットの姿がバルドの脳裏に浮かぶ。

確かにとてもありそうな話だった。

「あの娘は自分の出自が嫌いだ。憎んでいると言ってもいい。だからそれを大切な息子に引き継ぐなんて絶対に拒否するね。ああ見えてあの娘は情が強い」

「どうしてそんなに母のことを知っているのですか？　まるで家族か友人のように」

「あの娘は私の孫だからね」

「えええええええええええええっ!?」

「冗談だ」

「もう少し空気を読んでくださいよ！」

この獣人の司祭長が曾祖母《そうそぼ》なのかと思ったじゃないか。母と雰囲気がどこか似ていると感じていたからなおさらだった。

「やっぱり冗談じゃない」

「はあっ？」

おちょくっているのだろうか？

バルドがいい加減、我慢の限界に達しようとしたそのとき。

「――私としたことが柄じゃないね。バルド、ちょいと勝負しな。私に触れることができたら本当のことを教えてやるよ」

何かを吹っ切ったようにジーナは口元を歪《ゆが》ませた。

その完全に人を見下した態度に、バルドが思わずカチンときてしまったのは責められまい。

ハウレリアの大軍との死闘というのも生ぬるい、死線をくぐり抜けてきたのである。

いかにジーナがヘルシングの雷鳴の異名を取る戦士だとしても、侮られるほどバルドの武は安くないはずであった。

「手段を問わず？」

「エルンストの坊や相手のときのように手加減をしてたら、近づくこともできないよ」

それが厳然たる事実だという口調である。

少なくとも、ジーナがそれを確信していることだけはわかった。

「なら、手加減は抜きでいきます」

言うと同時に、バルドは空気の温度を変化させてジーナの視界から姿を消す。ハウレリアとの戦いでも使った、光の屈折を利用した魔法である。

空気の振動を操れば、足音を操作することも容易い。

エルンストのように性格の素直な者はバルドとの間合いが測れず、実力の半分も発揮できなくなるだろう。

「甘い甘い！　相手が大人しく待っているなんて思わないことだね」

驚いて振り返れば、既にバルドの背後から部屋の外に出ようとするジーナがいた。

声がするまで知覚することすらできなかったことに、バルドは畏《おそ》れにも似た感情を抱く。

「僕は化け物に因縁でもあるのかね」

諦念《ていねん》か、あるいは逆に焦燥《しょうそう》なのか、自分でも理解しきれない感情を持て余しながらバルドはジーナの背中を追った。

ジーナは狭い部屋を出て広々とした祭祀場《さいしじょう》へと向かう。

その速度は本気のマゴットを彷彿《ほうふつ》させるもので、バルドが視力を強化しているにもかかわらず、影を追うことしかできない。

（何者なんだ、この人は……）

のである。

もしマゴットとマルグリットが同一人物だとすれば、ジーナはあのマゴットに土をつけた人間な
バルドはようやくそのことを実感した。

獣神ゾラスの神像の前で、ジーナはバルドに向き直る。

「諦めるなら諦めても構わないよ？」

ふてぶてしいその笑顔が、やはりマゴットのものに重なった。

――銀光マゴットの実力を目の当たりにして、なお戦意を保つことは難しい。あの瞬速に追いつけると考えられるのは、自信過剰か頭がおかしいかの二通りしかないからだ。

だが、バルドという人間はそのどちらでもない例外であった。

「いい目だね。まだ奥の手があるって希望の目だ。面白い。言っとくが、私に通用しないようじゃマルグリットにも通用しないよ？」

「なるほど、逆に言えば、あなたに通用すればマルグリットにも通用するわけですね？」

バルドは無意識のうちに不敵な笑みを浮かべた。

対マゴット戦用に練り上げてきた奥の手の数々を、同じレベルの相手に試せるというのは僥倖《ぎょうこう》だった。

「久しぶりだねえ。こんなに血が騒ぐのは久しぶりだよ！」

ジーナも同じく笑う。

リセリナもエルンストも、これほど燃え立たせてはくれなかった。

あとはバルドの底力を確認するのみ！

腹の底に酸素を溜めるかのように、深く息を吸い込んでジーナが動く。

かき消えたようにその姿が見えなくなり、石畳の床を蹴る音だけが祭祀場にこだました。

「フリクション・ゼロ！」

「どわあああああああああっ⁉」

盛大に滑《すべ》ったジーナが、加速したまま壁に激突した。摩擦《まさつ》をなくす、バルドの魔法である。

まともな人間であればこれで勝負ありだが、ジーナはあらゆる意味でまともではない。

「……こりゃ想定外だね。エルンストの坊やじゃイチコロだ」

むしろうれしそうに嗤《わら》ったジーナは、獰猛な笑みを浮かべたまま――そこからさらに加速した。

「なんつう力業だっ！」

あまりに破天荒《はてんこう》な相手にバルドは呆れた。

ジーナは一歩ごとに石畳を破壊して跳び回っているのである。

摩擦係数がゼロになっても、石畳の物理耐久度が変わるわけではなく、破壊して杭《くい》のように足を打ち込むことで、全力での移動を可能にしていた。

この人は戦いが終わったあとのことを考えていないのだろうか？

とはいえ、この程度の小手先の技で勝てるとはもともとバルドも考えていなかった。

意表を突いて多少の効果があるとわかっただけでも恩の字である。

あるいはマゴットなら、ここからさらに想像の斜め上をいく可能性もあるが。

「次はなんだい？　手品の種の残りはいくつだい？」

「無駄に手の内をさらすつもりはありませんよ」

下手をすればこの破壊音を聞いて、誰かが様子を見に来るかもしれない。

バルドはフリクション・ゼロを解除して呼吸を整える。

間違いなくジーナはマゴットに匹敵することがわかった以上、切り札の出し惜しみは無しだ。

「ん……？　魔法はやめたのかい？」

明らかに肉弾戦を意識したバルドの構えにジーナは首を傾げた。

バルドが身体能力でジーナを上回ることは不可能。

もしバルドが勝利条件を満たすとすれば、それは魔法を有効に活用するか、エルンストと戦ったときのような、何らかの技法を駆使する以外にない。

「舐められたもんだね」

バルドがジーナに触れることができれば勝ち。

単純なようだが、速度で上回る相手を捕まえるには、よほどの経験と技量の差が必要である。

齢八十を過ぎ、幾多の戦いを乗り越えてきたジーナが、その経験と技量でバルドを下回ることなどあるはずがなかった。

足を止めて悠然と睥睨《へいげい》するジーナを無視して、バルドは魔力を体内に巡らせた。

身体強化は魔力によって肉体を一時的に強化するための術式である。

しかし人間の魔力には限りがあり、また肉体が受け止められる魔力の量にも限界がある。

そのため、限られた魔力を効率的に用いる部分強化が普及した。

制御の困難なその部分強化において、バルドは十分に一流と呼んでよい技量を身につけていた。

——それでも足りない。

マゴットという化け物に追いつくためには、そうした一般的な方法を二段ほど上回らなくては背中を見ることすらできない。

理由はわからないが、マゴットの神速は人が達し得る限界を超えた場所にある。

そこに追いつくために何ができるのか。

バルドには左内と雅晴を加えて三つの魂があるためか、個人としては規格外の魔力量を誇る。

マゴットがバルドの身体をいじめ抜いた成果は、肉体の成長とともにバルドの中で結実しつつあった。

強化された身体を、また別の術式で二重に強化するという、一歩間違えれば全身を断裂させせかねない無謀。

屋根の上に屋根を重ねるがごとき無茶である。

（そんな無茶をしないと母さん《マゴット》には届かねえんだよ！）

「オーバーブースト！」

――ゾクリ、と悪寒《おかん》がジーナを襲う。

かつてマルグリットと戦ったとき以来、何十年ぶりに感じる恐怖という感情を、ジーナは歓喜とともに受け止めた。

（まさかこの段階で私を震わせるというのか！　ならばこちらも全力で応えるのみ！）

ジーナは自分の持てる最大の速力で床を蹴る。

その速度はまさに銀光のようで、ただ光が走っただけにしか見えなかった。

「いっけえええええええええええ！」

バルドの魔法が持続するのは、数十秒程度の短い時間でしかない。

ジーナを追って自らも銀の光と化したバルドの神速は、ジーナと互角だった。いや、ほんの少しジーナのほうが速かったかもしれない。

だが――。

（なぜ私のほうが追い詰められるんだいっ？）

ジーナは懸命に引き離そうとしても接近を許してしまうことに、戸惑いを隠せなかった。

速度が同じなのに追い詰められるということは、バルドのほうが技量で上回るということになる。

まだ十代半ば程度のバルドに、そんな技量があるはずがない。

（やはり――似ている）

バルドはいやというほどマゴットを相手に戦ってきた。一方のジーナは何十年も強敵と呼べる人間と戦ってこなかった。

そしてジーナとマゴットの動きの癖が似ていることが、バルドの大きなアドバンテージとなっていた。

ジーナにとっては悪夢を見るような思いであろう。経験豊富な自分の行動を、ことごとくバルドが先読みしてくるのだから。

ついにバルドの手がジーナの肩に届こうとしたそのとき、ジーナは反射的に反撃しようとして硬直した。

触れたら負けなのに、こちらから触れようとしてどうする？

しかし、もはや避けられる状況ではないのも確かだ。

ならばせめて一撃入れてやろうかと覚悟を決めたジーナだったが、今度はバルドのタイムリミットが切れた。

「むぐっ！」

互いに速度がかみ合わないなか、なぜかバルドはジーナの胸に飛び込んで、マゴットとは対照的な大きな胸に顔を埋める形となった。

「――なんとも締まらない幕切れだけど、私の負けだね」

一言そう呟くと、ジーナは愛おしそうにバルドの背中に手を回して、ギュッと抱きしめたのである。

普段なら赤面して離れるはずのバルドが、なぜか抵抗することができない。優しく頭を撫でられる手を拒むことができなかった。

幼いころ、マゴットに抱きしめられたときもこんな気持ちだったろうか。

「……何の因果かねえ……孫ばかりかひ孫にまでこんな運命を背負わせることになるとはねえ……」

ジーナの言葉に、バルドはやはり、と顔を上げた。

「ああ、マルグリットは私の孫娘さ」

ジーナは頭に被ったフードを取り去る。

「えっ？」

思わずバルドは頓狂な声を上げて目を見張った。

そこにあったのは獣人の犬耳ではなく、人間となんら変わらない耳だったからだ。

恥ずかしそうにジーナは自分の耳を弄《もてあそ》んで言った。

「ま、身内の人間は知ってるんだが、私もヘルシングの雷鳴なんて大層な名前をつけられて有名になったから、外聞《がいぶん》が悪いってことで」

「それはわかりましたが、問題はそれじゃないでしょう！」

なぜジーナの耳が人間のものなのか？

獣神殿の司祭長である以上、彼女の身体には間違いなく獣人の血が流れているはずである。

それも相当に濃く、強い血が。

「私の親父もお袋も獣人だが、祖父が人間でね。クォーターってやつさ」

「先祖がえり、というわけですか？」

こくり、とジーナは頷く。

「獣人と人間とのハーフは、基本的に獣人の特質を受け継ぐ。セリーナが良い例だろう？　それが人間が獣人との婚姻を忌避《きひ》する理由でもある」

若い二人の恋愛は認められても、生まれてくる子供が獣人ということになると、歴史のある名家にとっては耐えられぬ場合もある。

獣人族の多いこのノルトランドですら、獣人と人間との結婚は非常に稀なのだ。まして獣人の社会的地位の低い他の国では、皆無に等しかった。

もちろん例外というものはどこにでも存在する。

セリーナの父マスードがそうであったように。

「ただ私の知る情報では、およそ十人に一人ぐらいの割合で、人間の特質を受け継いだハーフが生まれることがある。まあ、それ自体は特に問題はないんだが……」

「それでジーナさんは、人間の特質を受け継いだ数少ない例外なんですね？」

「いや」

そこでジーナは表情を改めた。

「これから話すことは、獣人族でも限られた者だけに伝承される秘事だ。お前には聞く資格があるが、決して他人に漏らすんじゃないよ？　たとえセリーナ相手にでも、だ」

もし誓えないならば何も話すことはない、とばかりに睨みつけるジーナの視線を、バルドは正面から受け止めた。

「――誓います」

自分はこの秘密を知らなければならない、とバルドは本能的に察していた。

そして母が抱え続けた秘事と向かい合わなければ、運命に翻弄《ほんろう》されるだけの人形に終わるということも。

ジーナはひ孫の察しの良さに密かにほくそ笑んだ。

身内の出来の良さを確認できるのはうれしいものである。

老い先短い身であればなおのことであった。

「……人間の姿をして生まれてきた獣人の血筋で百人に一人いるかどうか。少なくとも私は三人しか知らないんだが――」

思い切るかのように、ジーナは深く息を吸い込んだ。

「人間と獣人の両方の特質を持って生まれてくる者がいるのさ」

ゾクリとバルドの背筋が震えた。

身体強化では決して追いつくことのできないマゴットの神速。

センスという言葉だけでは説明のつかない、人の限界を超えた銀光の神速はいったいどこから来るのか？

その答えが見えた気がした。

「普通はそのことにも気づかず人間として一生を終えるだろう。獣人司祭のごく限られた者だけが、獣人の特質を解放することができる。私のときは祖母だった」

まるで空気が薄くなったかのように、バルドは酸素を欲して喘《あえ》いだ。

全てのピースがパチリパチリとはまっていく。

予想はしていたが、その事実を受け入れることにバルドは畏れのような感情を抱かずにはいられなかった。

「ひとたび解放されれば、その力は獣人の変生をも凌《しの》ぐものになる。これを王門《おうもん》という。私が獣人族最強を謳《うた》われているのはそのためだ。もっとも、私は王門を解放したのが遅かったから魔法は使えんがね」

ひびわれた情けない声であることを自覚しつつもバルドは尋ねた。

「――それで、ジーナさんは、マルグリットの王門を解放したんですか？」

「信じがたい話だが、あの娘はすでに王門を解放していたよ。どうも無茶をしたらしくて不完全なものだったけれど」

哀しいわけではないはずなのに、なぜかバルドの双眸《そうぼう》から涙が零れる。

「それで――マルグリットは僕の母、マゴットなのですか？」

ひどく傷ついたような顔で、ジーナは深々と頷いた。

「あの娘はまだそう名乗っているのかい……」

不憫《ふびん》な孫だ。あの娘が感じる責任は、決して自分のものではないはずなのに。

世界中の何もかもが信じられなくなったマルグリットの冷たい瞳を、ジーナはありありと思い出す。

瞳を閉じて、ジーナは追憶《ついおく》に身を任せた。


「まだ私が若かったころの話さ。あの頃はまだ、クォーターだった私に対する風当たりがきつくてね。祖母は司祭長で、物心ついたときには祖父である人間の姿はなかったよ。どうやら行きずりの祖父に祖母が強引に迫ったらしい」

この一族には女傑の遺伝子でもあるのだろうかと、バルドは失礼な感想を抱いた。

その気配を察したのか、ジーナはバルドをジロリと睨みつけてから先を続ける。

「獣人族最強なんて自惚《うぬぼ》れてたし、見た目人間と変わらないってんで、十七歳のときに武者修行の旅に出た。あのころはまだ小競《こぜ》り合いがどこにでもあったからねえ」

とにかく、全てが新鮮に感じた。

初めての国で新たな文化や戦に巡り合うたびに、言いようのない昂揚を感じた。

その間、一度たりとも、自分が獣人だと見破られることはなかった。

「トリストヴィー王国がサンファン王国やアンサラー王国と勢力争いをして、隣のネドラス王国へ攻め込んだ。そこで私が出会ったのが、パザロフ伯爵ヴィクトール、マルグリットの祖父になる男だ」

長身の美丈夫であり、優れた剣士であり、人として頼れる大器であった。

それまで一度として乱れたことのないジーナの胸が、ヴィクトールを見つめるだけで激しく騒いだ。

――初恋だった。

白皙《はくせき》の美形でありながら、戦場においては勇猛果敢な将でもあるヴィクトールに、ジーナはもう夢中であった。

「もちろん身分が違うから、遠くで見ているだけだったがね。ところが世の中ってのは何が起こるかわからないもんさ。アンサラー王国が本腰を入れて介入してきたために、ようやく降伏させたネドラス貴族が裏切って、ヴィクトールは敵中に孤立した。周りは敵ばかり、わずかな護衛も次々と討たれていく。私はそのとき、そんなこともあろうかとヴィクトールを監視していた」

「要するにストーカーしてたんですね？　ヤンデレ娘は嫌われますよ？」

「ヴィクトールは愛していると言ってくれたからいいんだ！」

少しだけマゴットの嫉妬深さの源《みなもと》がわかったバルドであった。

「と、ともかくっ！　すんでのところで私はヴィクトールの命を救った。後で聞いたことだが、ヴィクトールも私の実力を知って、いつか側近に引き抜けないかと考えていたらしい。その日をきっかけにして、私はヴィクトールの従騎士となった」

その頃のジーナは自惚れでなく、美しく可憐な女性だった。

女だてらにと侮蔑《ぶべつ》され、嫉妬から嫌がらせを受けたりもしたが、実力で全ての反抗を封じた。騎士も傭兵も、誰ひとりとしてジーナに敵《かな》う者はいなかったのである。

そしてヴィクトールは反乱を鎮圧し、武勲を挙げて故国トリストヴィー王国へと帰還した。

「――それからその……いろいろとあって私は妊娠したんだが、生まれてきた子供は人間と獣人の双子だった。普通、人間の特質を引き継いだ女からは人間が生まれるもんなんだが、どうやら私は獣人の血が濃すぎたらしい。そもそも四分の一しか人間の血を引いていないわけだしな」

八十過ぎの老境でありながら乙女のように照れるジーナに、バルドは確信していた。絶対に襲ったに違いない、と。

もちろん、ヴィクトールがジーナに捕食されたのは事実であった。

「ヴィクトールは、獣人だろうが構わない、結婚してくれ、と言ったがね……そうするにはヴィクトールの地位が高すぎた。有能なヴィクトールは、王国でもひとつの派閥を形成するほど影響力の大きい男に成長していたんだ。惚れた男だからこそ、私は彼の将来を潰すことに耐えられなかった」

ジーナは断固としてヴィクトールの求婚を拒絶した。

そして獣人の息子であるブラッドを連れて、故郷ノルトランドに帰国したのである。

「本当は娘のダリアも連れて行くつもりだった。でもヴィクトールが、せめて私の面影があるダリアを育てさせてくれ、と言い張ってね。ダリアからは獣人の気配がほとんど感じられなかったから、彼に託した」

人間として生きていくなら、自分についてくるより、伯爵家の娘として育ったほうが幸福であろう。

そのときはジーナもそう思ったのである。

ヴィクトールも必ず幸せにすることを誓ってくれた。

万感の思いとともに最初で最後の伴侶と別れを告げたジーナは、まだ赤ん坊のブラッドを胸に抱いて故郷へと戻った。

──二度と会うことも許されぬ娘の幸せを願いながら。

「ダリア、ママのことは忘れて幸せにおなり」

「それから何十年もの月日が流れた。息子のブラッドも嫁を取ってリセリナが生まれた。私もヘルシングの雷鳴なんて呼ばれ、いつの間にか獣神殿の司祭長に収まって、このまま歳をとって穏やかに死んでいくのかと思っていたよ。そんなときだ。忘れていたはずの過去が、時を越えて私の前に現れたのは」


「――ここにジーナって婆《ばば》ぁはいるかい？」

「なんだい？　このあばずれは、礼儀ってもんを知らないのかい？」

激昂したリセリナは、ふらりと現れた傭兵風の女を軽くひねってやるつもりだった。

ジーナの孫娘として頭角を現しつつあったリセリナの実力は、獣人族でも指折りのものであったから、人間の小娘ごときに負けるはずがなかった。

しかしその予想はあっさりと裏切られる。

リセリナが認識することもできぬ神速の拳に顎を打ち抜かれ、リセリナは声もなく昏倒《こんとう》した。

「いい腕だね。リセリナをひねる奴なんて、この国に三人といないんだが」

二人の様子を眺めていたジーナは、女の実力が自分に匹敵することに気づいた。

それにしても、この光のない暗い瞳はなんだろう？

てっきり単純な恨みを持つ者かと思ったが、どうやらそういうわけではなさそうだ。

「……あんたがジーナかい？」

「そうさ」

女は値踏みでもするように、遠慮なくジーナを眺め回した。

「なるほど、強いね」

「それでも戦《や》るかい？」

「悪いが、あんたを一発ぶんなぐらないと気が済まないんだ。意地でも付き合ってもらうよ」

いったいどれほどの修羅場をくぐり抜けたのだろう。

まだ二十にもならないであろう女は、歴戦の戦士のように獰猛に嗤った。


「私の名はマルグリット。あんたがアンサラーに捨てていった天竺牡丹《ダリア》の娘さ」


まるで凍りついたかのようにジーナは絶句する。

明らかに常人を超える武の気配。そして腰まで届こうかという見事な銀髪にも、確かに娘の面影がある。何より、深い菫《すみれ》色の瞳がダリアのものにとてもよく似ていた。

「――どうしてここまで来たか、聞かせてもらえるんだろうね？」

「あんたを殴り飽きたら聞かせてやるさ」

互いに申し合わせたかのように二人は走り出した。

その速度は、よく訓練された兵士にすら認識することを許さない。

空気に溶けるように一陣の風と化した二人は、互いの技量を確めるように宙を舞い、木々の合間を縫《ぬ》って大きな空き地へと到達した。

「ここならそう邪魔は入らないからねえ」

「私も余計な手加減には飽きてきたところさ」

胸の内にどんな思いがあるにせよ、今の二人には互角の強敵と戦えることに対する昂揚がある。

我知らず口元が釣り上がるのを抑えようともせず、ジーナとマルグリットは大地を蹴った。

——衝撃。

もしも観客がいたとすれば、閃光と旋風《せんぷう》が走るのを感じただけだろう。

そんな瞬きするにも満たない間に、ジーナとマルグリットは百を超える拳を撃ち合っていた。

（ちっ！　婆ぁの癖に、力任せの戦い方がまるで餓鬼《がき》のようじゃないか）

年を取るごとに体力は衰えるが、反比例するように技が練られる。

歴戦の戦士が体力に勝る若者を赤子のようにあしらうことができるのは、そうした技の練りによるものだ。

いかに獣人といえど、その宿命からは逃れられないはずであった。

ところがこのジーナの若々しさはどうだ？

まるで十代の若者のように、身体能力に物を言わせた怒涛《どとう》の攻撃をしかけてくる様は、自分以上の若さを感じる。

「いいねえ、本気を出せるなんざ何十年ぶりのことだ？」

並みの人間なら間違いなく死んでいるであろう百の攻撃を、一発の被弾もなく避け続けているマルグリットにジーナは歓喜した。

ずっと燻《くすぶ》っていた埋《うず》み火《び》が、マルグリットという燃料を得て燃え上がったかのようである。

「私はあんたを満足させるために来たわけじゃないんだよ！」

悪意か憎悪か、あるいはそのどちらでもない理不尽な感情かわからないものに突き動かされ、マルグリットは吼《ほ》える。

同時に、マルグリットの気が爆発的に増加した。

攻勢に出ていたがゆえに、わずかながらジーナの反応が遅れ、顔面にマルグリットの拳が叩きつけられる。

「ぐはっ！」

「うぐっ！」

それでもなお相討ちに持ち込んだジーナの非凡さは、見事と言わねばなるまい。だが踏み込みが足りなかった分、ジーナのほうがダメージが大きかった。

「へへ……やったぞ。ぶんなぐってやった！」

衒《てら》いのない笑みを浮かべるマルグリットとは対照的に、ジーナの目は驚きに見開かれていた。

「お前……王門を開いたのか？」

「王門？　なんだそれは？」

「無自覚だと？」

ありえない。ありえないのだ、そんなことは。

王門とは、人間寄りに生まれついた獣人が稀に備える、いわば眠れる器官である。

獣人の技である変生を知り、かつ王門を理解する獣人にしか解放できない。

少なくともジーナの知っている王門とはそういうものだ。

もしマルグリットが無意識に王門を解放したとすれば、彼女の持つ戦闘センスや生存本能とでも呼ぶべきものが、常軌を逸しているとしか思えなかった。

「どうしたい？　驚いて腰でも抜けたか？」

棒立ちになったジーナへ、マルグリットは追撃の拳を撃ち放つ。

「——が、完全ではないな」

「何？」

ほとんど当たっていたはずの瞬間でありながら、マルグリットの拳が手応えのないままに空を切る。

この力を手に入れてから、マルグリットは初めてスピード負けしたことを悟った。

そうしながらも、本能が危機を察知するままに、マルグリットは身体を大地に投げ出してジーナの蹴りを避ける。

「……いい勘をしている」

類まれな武量を持ちながら、勘まで持ち合わせている。

マルグリットが生まれ持った、武人なら誰もがうらやむ才能に、ジーナは人知れず嘆息した。

彼女の言葉が本当であれば、自分の孫ということになる。

まさか自分の血統から、もう一人の王門持ちが現れるとは。

「随分と余裕じゃないか。気に入らないね」

「力の差がわからないほど、お前は馬鹿じゃないだろう？」

王門を解放したジーナが身体能力でも上回った今、経験と技量で劣るマルグリットが勝つ見込みは限りなく少ない。

しかし可能性が低いから諦めるという選択はマルグリットにはなかった。

ゆえにこそ彼女は独力で王門に達し、今日まで生き延びてきたのだ。

「生憎《あいにく》と諦めが悪いのが取り柄でね」

マルグリットの胸の鬱屈《うっくつ》はまだまだ晴れてはいない。会心の一撃をジーナに放り込むまで、戦いを諦めるわけにはいかなかった。

その若い意気地《いきじ》をジーナは眩しく思う。

だが、意気だけで勝てるほど戦いは甘くない。ましてジーナほどの実力者が相手であれば、その確率は限りなく低くなる。

マルグリットがおそらくは初めて遭遇するであろう強者として、ジーナはそれを教えてやらなければならなかった。

――その後の勝負はジーナの一方的な蹂躙だった。

速度、膂力《りょりょく》、技量、全てでジーナが大きく上回っており、かろうじてマルグリットが勝っているのは勘のみ。

秀麗《しゅうれい》なマルグリットの美貌が醜く腫《は》れ上がるまで、それほどの時間はかからなかった。

(なんて女だ……)

もう立っているのもやっとであろうに、いまだ戦意を持ち続けるマルグリットにジーナは舌を巻く。

このままでは殺してしまうのではないか。

手加減をしないのが武人の礼だが、自分の孫を殺すつもりはジーナにはない。

だが、やはり体力の限界だったのだろう。

フッとマルグリットの瞳から光が消え、意識を失って前のめりに崩れ落ちる瞬間、ジーナは完全に警戒を解いた。

満身創痍《まんしんそうい》の孫を介抱しようとジーナがマルグリットに近寄った瞬間である。

「こんの大馬鹿野郎おおおおおおおっ！」

明らかに意識がなかった。

潜在意識の底にこびりついた怨念《おんねん》にただ操られたようなマルグリットの一撃は、ジーナを弾かれた独楽《こま》のように吹き飛ばした。

そしてマルグリットは満足げな笑みを浮かべたまま、ゆっくりと倒れ込んだのである。


「……目が覚めたマルグリットに話を聞いた。ダリアはトリストヴィー国王に見初《みそ》められ、側室として後宮に入ったらしい。ところが正妃からすれば、パザロフ伯爵家は見過ごすことのできない脅威だった。ダリアの後宮入りは新たな派閥の抗争を引き起こし、結局パザロフ伯爵家は派閥争いに負け、罪をなすりつけられて断絶した。ヴィクトールもそのときに死んだそうだ。ダリアはマルグリットを生んでいたために罪を減じられ、離宮で軟禁《なんきん》生活を送ることになった」

憂鬱《ゆううつ》そうにジーナはため息とともに顔を伏せた。

「まさかダリアが王室入りするとはね。確かに可愛い娘だったよ。いい婿《むこ》を取って伯爵家を継ぐものだとばかり思っていたのに、因果なもんさ」

そんな未来が待っていると知っていたら、ダリアを置いていくのではなかった。

以来、その後悔からジーナが解放されたことは一度もない。

自分の中途半端な気遣いが、結局恋人のヴィクトールを殺し、娘の人生を破滅させたのである。

マルグリットが抱いた、ジーナを殴りたいという思いは完全に正当なものだった。

いずれ地獄で断罪される覚悟をジーナは固めていた。

「ところがそれで話は終わらなかった。権力争いからも解放され、平穏な生活を送っていたはずの二人に再び敵意が向けられた。おそらくは――獣人の血が流れていることがバレた」

現在大陸に獣人の血が流れている王家は、少なくとも表向きには存在しない。

それは獣人に寛容《かんよう》なノルトランドやガルトレイクのような国家でも同様である。

末席とはいえ王位継承権のある王女に獣人の血が流れているなど、醜聞《しゅうぶん》どころではなかった。

「幾度も暗殺者が送り込まれた。そのたびにダリアに付けられた騎士が撃退したらしい。業を煮やした敵は、ついにダリアと娘を直接茶会へと呼びだした。もちろん毒殺するために」

「でも、マルグリットは生き延びたのでしょう?」

話を聞く限りでは助かる見込みはないように思われる。

いかにマルグリットが武に優れているとしても、王宮内で味方もいない状況では逃げ出すことは難しい。

「――身代わりがいたようだ。詳しいことは話してもらえなかったがね」

よほどの痛恨事らしく、このあたりのことをマルグリットは話すことを拒んだ。

そして娘の死を偽装するために、ダリアは静かに死に臨《のぞ》んだ。

結果としてダリアと娘の王女は、親子そろって病死したと伝えられることになったのである。

「ダリアに仕えていた騎士と侍女に連れられて、マルグリットは国境を越えた。慣れない亡命暮らしでその侍女も身体を壊し、彼女の死を看取って旅に出た。マルグリットはそう言っていたな」

ダリアと身代わりの死、そして唯一の絆《きずな》であった侍女の死に直面して、マルグリットの内面の何かが決定的に変わったのだろう。

どこか世の中を冷めて見るような、自分の命を軽視するような、敵対する人間を容赦なく叩きつぶす修羅となった。

それはバルドも知る、今のマゴットそのものであった。

孫娘のそんな姿が痛々しかった。

しかしジーナには彼女へかける言葉も、資格もなかった。

己の無力さに自嘲《じちょう》の嗤いを浮かべてジーナは瞳を潤ませた。

「――今でもあの娘は自分を許せずにいるんだね。別れ際に言っていたよ。自分はマルグリットの名は捨てる。どうせ自分は腐肉を食らうウジ虫《マゴット》なのだから、と」

そして、マルグリット・パザロフ・トリストヴィーは銀光マゴットとなった。

ジーナの長い告白にバルドは息をするのも忘れた。

ずっと謎のままだった母の過去は、バルドが想像していた以上に重かった。

いったい自分は母に何を言えるのだろう。

そして母の過去を明らかにして、自分は何をしたらよいのだろう。

母がマルグリット王女なのではないか、という疑問が優先してばかりで、バルドはその先を考えていなかったことに気づく。

（可愛いひ孫にまでこんな選択を突きつけなければならんとは、どこまでも業が深いね）

バルドの葛藤を知りながら、ジーナは言葉を止めるわけにはいかなかった。

「不完全だったマルグリットの王門は私が解放した。そのときにマルグリットは獣神の洗礼を受けている。洗礼名はリーシャ。母代わりに育ててくれた侍女の名らしいよ」

洗礼を受けた獣人にはその者だけの徴《しるし》が刻まれる。

マゴットがマルグリットと同一人物であることを証明するには十分な証拠であった。

「マルグリットの誕生に合わせて、ダリアが国王から贈られた守り刀も私が保管している。トリストヴィーの王女である保証が欲しいのなら、ダリアの出生も含めて私が証言してもよい」

ジーナは己の罪深さを自覚しながらなお言葉を続けた。

「バルド、信じられんことだがお前にも王門が存在する。お前が洗礼を望むなら私が王門を解放してもよい。慣れるまで多少時間は必要だろうが、王門を解放すれば本当の意味で、お前の力はマゴットに追いつき、あるいは追い抜くだろう」

だが、そのためにバルドが失うものも量り知れなかった。

獣人の血を受け継ぎ、洗礼まで受けたという事実は大きい。しかも、トリストヴィーの第一王位継承者であるという現実を受け入れることにもなるのだ。

「このまま何もなかったことにしてもよい。マルグリットは決して自分からは真実を語らないだろうし、私の命ある限りは秘密を漏らさないと約束もしよう。そうなれば誰も真実に辿りつくことなどできまい」

すべてはバルドの決断ひとつ。

まだ少年にすぎないバルドに酷な決断を迫っていることは重々承知しながらも、ジーナが決断を代わってやることはできない。

しかしそんな必要はないことをジーナは知っていた。

自分の、そしてマルグリットの血を引くバルドがどんな決断を下すかなど、答える前からわかりきっていた。

それがジーナにはたまらなく切なかった。

「昨夜は随分と遅かったんやなあバルド。眠り足らんのやないか？」

深夜まで戻ってこないバルドを待ち切れず、先に寝てしまったセリーナとアガサは寝室から出てきたバルドを迎えた。

「おはよう、セリーナ、アガサ」

普段通りの声と笑顔、だがまるで別人のように深みが増して、少年特有の溌剌《はつらつ》とした空気が失われていることに二人は気づいた。

「何があったん？　バルド」

「理由をお聞かせいただいても？」

そう問い詰められても、バルドはいささかの動揺も見せない。

その透徹《とうてつ》な笑みにまるで父親に優しく諭されているような錯覚を覚えて、セリーナとアガサは我知らず顔を赤らめた。

「――早く母さんに会おう。それから何もかも話すよ」

第五章

嵐の決闘

すっかり体調の戻ったマゴットは、鈍ってしまった身体を鍛《きた》えるため久しぶりに槍を取り、型稽《かたげい》古《こ》に勤しんでいた。

そして視認することのできない神速の踏み込みから岩に穴を穿つがごとき徹《とお》し、そして相手の槍を巻き落とす巻槍《まきやり》、遠心力を利用して周囲の敵を薙《な》ぎ倒す花冠《はなかんむり》を繰り返す。

秀麗な美貌に汗をにじませたその姿は、いまだ二十代の若々しい女戦士を思わせた。

「どうにか形になってきたかね……」

全盛期には及ばないが、出産前の身体のキレが戻りつつある。

マゴットにしてみれば、セルヴィー侯爵との戦いで見せた醜態は屈辱《くつじょく》以外の何ものでもなかった。

産後の疲労から回復したマゴットは、まず戦える身体を取り戻すことを優先した。

それは超人的な個人的武勇を心の拠《よ》り所としているマゴットにとって、決して無視することのできぬ問題だったのである。

「そろそろミルクの時間ですわ。お義母さま」

にっこりと微笑んで、セイルーンはタオルと冷えた果実水を手渡した。

正式な結婚はまだでも、すでにマゴットから嫁認定されたセイルーンは、前倒しながらこの嫁姑《よめしゅうとめ》の関係を楽しんでいた。

仕えるべき主人として幼いバルドを任されたのが、もう遠い昔のことのようであった。

「もうそんな時間かい。ありがとうよセイルーン」

息子の嫁、というのもなかなかどうして悪くない。

家族が増えるという実感は、マゴットにとって何よりもかけがえのないものなのだ。

簡素な小部屋で、井戸の冷水を頭から浴びて身体を拭うと、マゴットはセイルーンとともに居館へと戻った。

「お帰りなさいませ」

「ああ、いつもすまないね」

「いえ、この程度ならいつなりと」

ナイジェルとマルグリットの二人の子をあやしつつ、愛おしそうに見守っていたのは、バルドの幼なじみテュロスであった。

この一年でぐっと背が伸び風貌も大人らしくなったテュロスは、ある意味ではバルドを上回るチートぶりを発揮し、すでにアガサ不在のアントリム領を取り仕切っている。

ブランドンをはじめとする従来の行政官と、アガサの伝手《つて》で新たに採用した行政官を手堅くまとめ、主なきアントリム領をつつがなく運営できるのはこの男の手腕にほかならない。

さらに多忙を極める合い間を縫ってナイジェルとマルグリットの世話までこなし、マゴットやセイルーンの護衛や手伝いまで、という忠犬ぶりである。

さすがのマゴットも、テュロスにだけは気後《きおく》れらしき感情を抱くほどであった。

「もう少し日射しが陰りましたら窓をお閉めください。お二人に風が障ってはなりませんから」

「かしこまりました」

答えたセイルーンが軽く頭を下げて交代を促すと、テュロスは疲れを欠片も見せずに悠然と席を立つ。

「テュロス、あんまり無理するんじゃないよ？　私の世話はセイルーンがしてくれるんだし」

幾度もそう声をかけているのだが、テュロスはただ微笑してこう答えるのだ。

「御心配をいただきまことにありがとうございます。これでも楽しんでおりますので」

事実、テュロスはこの上なく幸せであった。

バルドの絶大な信頼を受けているという実感、そして新たに生まれた可愛らしい弟妹を託されているということに、たとえようのない充足感がある。

――生きててよかった。

コルネリアスでバルドへの忠誠を誓ってより、外見も能力も似ても似つかぬ成長を遂げたテュロスだが、少年のころの思いだけは健在であった。

「他人事ながらテュロスの将来が心配だよ。バルドに言って嫁さんを見つけてやらんと、一生独身で終わるんじゃないか」

「私もそう思います」

困ったような笑みを浮かべてセイルーンも同意する。

あの強大なバルド愛に歯止めを付けるとすれば、妻子という家族以外にない。もっとも、よき家庭人になったテュロスというのも想像がつかないが。

「ほうら、お乳の時間だよ。ナイジェル、マルグリット」

バルドのときもそうであったが、マゴットは子育てに乳母《うば》を置いていない。

貴族としては異例だが、マゴットはこの問題に関して譲るつもりは毛頭なかった。

マゴットを通せば道理が引っ込む。

コルネリアス伯爵家では、マゴットが決意したことで通らぬものはおよそないのだ。

マゴットにとって、それがどんなに型破りなことであっても、母であることは何よりも優先されるべき事項だった。

乳を与え愛しい我が子を見つめるマゴットの表情は、幸せそうなのにどこか切なそうに見えた。

小さな我が子を胸に抱くと、それだけで胸にツン、と湧き上がるものがある。

愛する夫と英雄の息子に恵まれ、今こうして新しい命とも巡り合えた。

いつか戦場で血袋に成り果てるとばかり考えていた傭兵のころには、夢にも思わなかった幸運である。

しかし家族の命の重さを思うと同時に、自分に幸せになる資格があるのだろうか、という疑念に捉われるのだ。

「もうお腹いっぱいかい？　ナイジェルはマルグリットと違って小食だねえ」

それにしても、妹のほうが食欲旺盛で体力も強いとは、どんな運命の符号であろうか。

淡い茶髪の男児ナイジェルは父イグニスの血を強く受け継いだようである。

対照的に女児のマルグリットは銀髪に菫色の瞳とマゴットにそっくりで、すでにその気の強さまで表れていた。

この二人の子供が仲良く平凡な毎日を送れることを、マゴットは願ってやまない。

「お義母さま？」

マゴットが声を出さずに啼《な》いているような錯覚を感じて、セイルーンは思わず声をかけた。

「なあに？　セイルーン」

そう言って莞爾《かんじ》と笑うマゴットからは、先ほど感じた哀しみの気配は感じられない。

見間違いだろうか？

セイルーンは曖昧にごまかして、ゴシゴシと目を擦った。

「――一雨来そうだねえ……」

キャッキャとはしゃぐナイジェルとマルグリットを抱えて、マゴットは遠い北の空を見上げた。

モルガン山系にかかる雨雲が、麓《ふもと》に向かって白い霧の手を急速に伸ばしているかのようである。

遠からず嵐が来るだろう。

山から吹き下ろす湿った空気は、加速度的にその強さを増していく。

「あ！　急いで干し物を取り込まなきゃ！」

セイルーンは慌てて子供部屋を飛び出していった。

山頂から低く遠雷が聞こえた。

その嵐の予兆が自分に降りかかるのではないかという漠然《ばくぜん》とした予感に、マゴットはギュッと子供たちを抱きしめる手に力を込めた。


その夜は、アントリムには珍しい嵐になった。

山の天候は変わりやすいとはいえ、麓のガウェインあたりはそこまで影響を受けることはない。

時折吹く突風がガウェイン城の窓をガタガタと揺らし、その音に驚いたのか、ナイジェルとマルグリットは声を上げて泣いた。

「よしよし、何も怖いことなんてないよ。ママが傍にいるからね」

バルドが聞いたら目を剥《む》きそうな甘い台詞を吐いて、マゴットは二人の頭を優しく撫でた。

もともとマゴットは情の強《こわ》い女性で、憎まれ口は大半が強がりと言える。そして強がる必要がない相手には、いたって甘い女なのであった。

ピカリと閃光が闇を照らしたかと思うと、ドスンッと床が震えるような衝撃が走る。

どうやら近くに落ちたようで、双子の泣き声がさらに大きくなった。

「いやな天気だねえ……雷は嫌いだよ」

それはマゴットにとって忘れたい別れの記憶を思い出させる。

まだ自分が何の力もなく、世の中の非情さも理解していなかったころの甘さを見せつけられるのだ。

そのたびに、呪いにも似た思いにマゴットは囚われる。

――どうしてお前が、お前だけがそんな幸せそうな面《つら》をしているのか？　私たちはこんなにも不幸なのに！

多くの人々の不幸の上に成り立つ今の幸せを、本当に享受《きょうじゅ》していいのだろうか？

そうは思っても、イグニスや我が子を捨て去ることなど不可能だった。

ただ罪悪感だけがマゴットの胸を締めつける。そして、自分という存在が招いてしまった不幸に押し潰されるような絶望を感じるのだ。

弱さは他者に運命を委《ゆだ》ねるということであり、無知は愛する者に対する裏切りである。

それを思い知らされたあの晩も、こんな雷鳴が轟いていた。


バタン！

突然、叩きつけられるようにして玄関の扉が開いた。

これが戦役中であれば襲撃を疑うような激しさで、ましてこの嵐のなかである。

いったいどこの物好きが訪れたのだろう。

「バルド様！　お帰りなさいませ！」

驚いたような声でセイルーンがバルドを出迎える。

甲斐甲斐しく世話を焼こうとするその様子からは、抑えきれぬ喜色が溢れていた。

いつものバルドであれば恥ずかしがるなり、うれしそうにするなりの反応があるはずだ。

「ただいま、セイルーン。遅くなってごめんね。セリーナとアガサは明日に到着するよ」

しかし落ちついた顔で頬を撫でられ、セイルーンは赤面して俯いた。

「どど、どうしたんですバルド様？　なんだか様子が違いますよ？」

まるで蛹《さなぎ》が羽化したような、風に靡《なび》いていた柳が太く巨大な古木になったような、不可視の貫録を感じてセイルーンは戸惑う。

一方で胸がドキドキして、愛しさも込み上げてくる。

（ううう……なんだか前より素敵かも……）

「こんな嵐のなか来るなんて、そんなにセイルーンに会いたかったのかい？　（私も会いたかったわ。早くナイジェルとマルグリットに顔を見せてあげて！）」

バルドの変化をマゴットも察していた。

何か大きな壁をひとつ乗り越えた男の顔である。

それはバルドが成長しなければならないほどの試練に晒された、ということの証左でもあった。

こうも試練が続くのは持って生まれた英雄の定めであろうか。

濡れた髪をセイルーンに拭かれ、外套《がいとう》と上着を脱いだバルドは、何かを決意するかのように深呼吸をすると、マゴットに鋭い視線を向けた。

「聞きたいことがあります。でもその前に……僕と勝負してもらってもいいですか？　手加減抜きで」

淡々と熱のない声でバルドは問いかける。

その静かな佇まいから、バルドが本気で自分に勝とうとしていることを感じ取って、マゴットは久しぶりの昂揚が身体中にみなぎるのを感じた。

「おしめの取れたばかりの坊やが……母親に逆らうとは随分増長したもんじゃないか！」

強くなければ何も守れない。

銀光マゴットこそが最強であると証明する。

罪悪感と鬱憤を晴らさんと、マゴットは敵意も露わにバルドを睨みつけた。

「本当に今戦う必要があるんですか？」

バルドもマゴットも、身体に打ちつける雨と風をものともせずに槍を構える。

冷たく濡れた前髪が額に張りついて視界を遮《さえぎ》るが、睨み合った二人はみじろぎもしなかった。

「もう！　二人とも聞いてください！」

癇癪《かんしゃく》を起しかけるセイルーンに、バルドは静かだが有無を言わさぬ口調で言う。

「――口を出すな」

その声に込められた鉄のような意志の強さに、セイルーンは身を固くして口を閉ざした。

理由はわからないが、バルドにとってこの戦いが絶対に必要なのだということが、痛いほどにわかったのである。

「はん、なかなかいい顔をするようになったじゃないか。まだイグニスには及ばないけど」

バサリと濡れた銀髪をかき上げたマゴットは、抑えきれぬ闘志を発散するバルドを見て目を細めた。

左内と雅晴の人格が目覚め生死の境を彷徨《さまよ》ったバルドを、しっかり鍛えると決めた。

虐待するかのような勢いで稽古をつけるごとに、目に見えて成長していく息子が愛しくてならなかった。

魔法を戦いに組み込む天分は明らかに自分を大きく超えるもので、必ずや戦士として名を成すであろうとマゴットは確信していた。

素の状態という条件でなら、いずれバルドはマゴットの武を凌《しの》ぐであろう。

ただしそれは、あくまでもマゴットが奥の手を使わなかったときの話だ。

遠いあの日、自分は最強であることを課した。

その誓いある限り、たとえ息子が相手であろうとも、マゴットは最強たることを証明し続けなければならなかった。

「マゴット様はまだ産後なのですから……わかってますよね？　二人とも。ちゃんと怪我をしないように気をつけて……！」

無理だとわかっていながらも、セイルーンはそう叫ばずにはいられなかった。

それほどに二人の空気が張り詰めていて、まるで本気で殺し合う気がしたからだ。

「心配するな。こんなところで領主が倒れちゃ困るだろうからね。骨の一本くらいで勘弁してやるよ」

鷹揚《おうよう》にマゴットは答える。

しかしバルドは冷たい視線をマゴットから外そうとしない。

「……手加減抜きだ、と言ったでしょう？」

「気に入らないね！」

バルドはどこまでも本気であった。

本気でマゴットを、倒そうとしている。そしてそれが可能だと信じている。

――冗談ではない。

銀光マゴットは、餓鬼が大人になったくらいで超えられる低い壁ではないのだ。

「久しぶりにお仕置きしてやるよ、バルド！　セイルーンの前で恥を掻きたくなきゃ、とっとと降参するんだね！」

ならば思い出させてやる。

身体の髄《ずい》まで刻んだ母の偉大さというものを。

流星のようにマゴットが動いた。

槍の先端が回転して見えるほどの連撃で、バルドの手元を狙う。

手元はもっとも防御側が捌《さば》くことが難しく、そこを攻めるのは槍戦における基本中の基本である。

これに対してバルドは地を這うように身体を屈《かが》めると、マゴットの脛《すね》を狙って槍を突き出す。

半円を描く軌道の払いでは、マゴットの神速には追いつかない。

姿勢は苦しいながらも敢然と攻撃に転じたバルドに、マゴットは歓喜に等しい感情を抱いた。

ついに息子が自分と同じステージに立ったことを感じたのだ。

「楽しいねえ！　まさかここまでやるとは思ってなかったよ！」

「……相変わらず化け物だな」

マゴットにはまだまだ余裕があるが、最初からバルドは手加減などしていなかった。

初手から無詠唱で、フリクション・ゼロや地面を陥没《かんぼつ》させる崩落《ほうらく》の魔法を試していたが、すべて発動前に打ち消されていたのである。

発動のタイミング、バルドの癖と思考が、完全に見抜かれているとしか思えなかった。

「どうしたんだい？　大口叩いたんだから、しっかり男を見せておくれよ！」

「言われなくとも！」

魔法が通じないのならば、白兵の技量で上回るのみ――。

伝説の傭兵、銀光マゴットを相手には、それは至難の業に思われた。

だからと言って退くわけにはいかない。

バルドにはマゴットを超えるべき理由があるのだから。

「避けるのだけは上手くなったじゃないか！」

次第に速度の差が表れてきて、バルドは防戦に追い込まれる。

それでもほぼ全てを捌き切っていることに、マゴットは素直に驚いていた。

「ほらほら！　避けてるばかりじゃ勝てないよ！」

挑発は時として鋭利な刃より危険である。

ギリギリのところでマゴットの攻撃を捌いているバルドが攻守のバランスを誤れば、その瞬間に勝負は決するであろう。

しかしバルドの心は微動だにしなかった。むしろマゴットの槍を捌くたびに、心は無音の静寂に包まれていく。

全く焦る様子もなく、淡々と猛攻をしのぎ続けるバルドにいらだちを覚えたのは、むしろマゴットのほうであった。

「その余裕が気に入らないね！」

決してバルドに余裕があったわけではない。

ただ揺らぐことのない勝利への決意が、動揺を許さなかっただけである。

そして同時に、バルドの勝利への執念は、左内から受け継いだ戦人《いくさにん》の作法を己のものとした。

「――何がおかしいっ！」

うっすらと口元に笑みを浮かべるバルドにマゴットは激昂した。

こと、武に関するかぎり、いかなる人間にも侮られる自分ではない。

たとえそれがバルドであろうとも、マゴットの武を甘く見るならば相応の報いをくれてやらねばならなかった。

強くあること。そして誰からも侮られぬ存在であること。

そのためにマゴットは人ならぬ道を歩んできたのだ。

『敵もまた人なり。和して大悦眼《だいえつげん》たりせば苦しからず』

宝蔵院《ほうぞういん》流槍術の心得で、殺し合うときこそリラックスして微笑み、相手の心を洞察《どうさつ》すれば負けることはない、という意味である。

しかし意味のわからぬ日本語を聞いたマゴットは、盛大に顔を顰《しか》めた。

「けっ、でかい口を叩いておいて他人に頼る気かい？」

だとすれば興冷めもいいところである。バルドが大人になったというのも過大評価だったか。

涼しげな笑顔でマゴットの言葉を受け流し、バルドは静かに、左内から受け継いだものへと心を委《ゆだ》ねた。

「――僕は僕さ」

左内からも雅晴からも託されたものがある。

バルド自身が自分の人生で光を当て、彼らの証としなければならないものが。

「当たら……ない？」

先ほどまでは槍で払われていた攻撃が、弾かれることすらなくなり始めた。

まるでよろめく老人の動きで、バルドはマゴットの神速の槍を避け続ける。口元には相変わらずうっすらと笑みが浮かんでいた。

それが、マゴットの激情を否が応にも駆り立てるのであった。

柳生但馬守《やぎゅうたじまのかみ》が能を愛したように、岡左内もまた能を愛した武人である。

左内が会津《あいづ》にいた時代、合戦の準備で同僚たちが慌ただしくするなか、悠々と能の宴《うたげ》を開いたという記録が残っている。

何ゆえ彼らは能を愛したのだろうか。

それは能独特の歩法が、武と相通じるものがあったからとも伝えられる。

特に能役者金春七郎《こんぱるしちろう》と柳生但馬守が、「一足一見」と「西江水《せいこうずい》」の奥義を交換し合ったという話は有名だ。

もともと能の原点である田楽《でんがく》は、田植え時に豊作を祈願して田んぼで踊るものである。

そのため、田んぼの泥のなかを稲を倒さずに動く……移動しても重心を崩さない、特殊な歩法が伝わった。


「鬱陶《うっとう》しいね！」

ゆらりゆらりと避け続けるバルドの重心が見切れずに、マゴットはいらだちを露わにした。

戦いの場で、彼女がこれほどのいらだつのはいつ以来のことか。

マゴットにはバルドの何十倍もの実戦経験がある。

それでもなお、バルドの動きを捉えられない。

バルドの癖も呼吸も知りつくしたはずのこの自分が、まさかこれほどの苦戦を強いられるとは思わなかった。

左内の技術をバルド本人が、完全に使いこなしているのだ。

人は記憶だけで身体を動かすことはできない。

バルドが自らの意思で身体を動かしている以上、記憶だけではなく身体で術を学び取ったということなのだろう。

この年齢にして老将の術理を会得するとは、我が子ながら空恐ろしい天分であった。

「――行きます」

一瞬、マゴットはバルドが倒れたのではないかと思った。それほどに自然な脱力であり、その様子は意識を失った人間が倒れる様に似ていた。

能の曲目のなかに「弱法師《よろぼし》」と呼ばれるものがある。盲目《もうもく》の主人公が、あっちへよろよろ、こっちへよろよろする様を例えたものだ。

そんな弱々しい動きにもかかわらず、バルドが繰りだした槍の速度と力強さは驚くべきものであった。

下から撥《は》ね上げようとしたマゴットの槍が逆に弾き飛ばされ、慌ててマゴットはバルドの槍先を避けた。

「くっ……！」

読めない。

あれほど手に取るようにわかったはずの、バルドの動きが途端に読めなくなった。

焦るマゴットをバルドの槍が追う。

大陸では見たこともないその動きを前に、マゴットはたちまち防戦一方に追い込まれてしまった。

弱法師の動きの要は、膝の脱力によって無駄なく体重を足に伝えることにある。

そして腕の振りにも体重を乗せるためには、まず足の親指を上げ、その力を胴体に伝えることだと宮本武蔵《みやもとむさし》は語ったという。

左内は宮本武蔵を知らないが、「身なり」と呼ばれるその姿勢は知っている。

身体強化という強力すぎる魔法があったせいか、この世界はそうした術理で後れを取っているらしかった。

（――認められるか！）

長年鍛えた自分の腕がバルドに劣るなどということが。

いかに左内の知識を吸収したといえど、その武を我がものにしたのはバルド自身。

何より二人の戦いを他人のせいにするなど、マゴットの矜持が許さない。

「なら、これはどうだいっ？」

バルドの目を盗んで引きちぎっていた胸元のボタンを投げつけ、同時に力任せにマゴットはバルドの槍を蹴り上げる。

力づくで戦いの流れを変える、手段を選ばない傭兵の常とう手段であった。

ボタンを避けているところで槍を跳ね上げられ、バルドは大きくバランスを崩す。

「もらった！」

その隙を見逃さずとどめを刺そうと跳躍するマゴットを、鼓膜を破るような大音響が襲った。

大きな音を出すだけの単純な魔法。

その単純さと、とどめを焦る気持ちがマゴットの目を曇らせた。

三半器官を揺らされて、マゴットは追撃を諦め距離を取る。

バルドが純粋な武でマゴットに追いつきつつある現状、もはや先ほどまでのように魔法のタイミングを読むことはできなくなっていた。

千載一遇《せんざいいちぐう》の機会を逃したことに、マゴットは小さく舌打ちした。

風雨が強さを増している。頬を打つ雨粒が、まるで小石のようであった。

髪も服も靴も、泳いだ後のようにぐっしょり濡れているが、バルドもマゴットも、それを見守るセイルーンも、何ひとつ気にした様子はない。

轟々《ごうごう》たる雨音のなかで、聞き取れるか聞き取れないかほどの小さい声でマゴットは呟いた。

「――強くなったねえ、バルド」

魔法の多様さでマゴットはバルドに遠く及ばない。

白兵の力押しが通じない以上、このままではいずれバルドに力負けしてしまうだろう。

息子の成長がうれしい。

それでも、負けを認めることだけはできなかった。

強くなりたい。

強くありたい。

銀光マゴットは最強であり続けなければならない。そうでなければ、またあの日のように大事な何かを失ってしまう。

「褒美《ほうび》に私の、本当の本気を見せてやる」

マゴットが完全に王門を解放したのは、十余年前の戦役をはじめ、劣勢の戦場で命が危なかった数度のみである。

久しぶりのみなぎる力に、マゴットは一種の全能感すら感じていた。

否、王門を解放したマゴットは確かに無敵の存在たりえた。

可視の世界を超越し、不可視の世界を支配する神として、誰ひとりその身に触れることを許さない。

この力があればこそ、マゴットは自分が最強であると確信していられた。

王門の解放時間はそれほど長くはない。

いわばブーストされた身体を強制的に再ブーストしているわけで、構造としてはバルドが編み出したオーバーブーストに似る。

ただ同じ系統の魔法を重ねがけするより、獣人族の変生とのほうが相乗効果が高いようであった。

自分と周囲の時間がどんどんズレていく感覚に、マゴットは肉食獣の笑みを浮かべてバルドを見た。

「……」

（なんて哀しそうな目をしているんだ）

天狗になった息子の鼻をへし折るつもり満々であったマゴットは、まったく予想もしないバルドの表情に戸惑いを隠せない。

同時に猛烈な怒りがマゴットの中で込み上げてきた。

マゴットが生きるうえでもっとも必要なものは、他者から生命を守る強さであったが、もうひとつどうにも我慢できないものがあった。

――憐憫《れんびん》である。

マゴットが必要以上に肩肘を張り、男勝りな態度を取る裏には、誰からも同情されたくない、自分の過去に同情という土足で踏み込まれたくない、という強迫観念にも似た感情がある。

バルドの瞳は、まるでマゴットの隠したかった遠い日の記憶を見ているようであった。

そのことがマゴットには耐えがたかった。

「その目で見るのをやめろっ！」

駄目だ。

私にあの頃の無力な自分を思い出させるな。

理不尽とも言える怒りに身を震わせて、マゴットは手加減抜きの一撃を繰り出した。

（やばいっ！）

怒りに我を忘れて、本当に手加減抜きで槍を出してしまった。

当たりどころが悪ければバルドは死ぬ。

咄嗟に軌道を逸らそうとするが間に合わない。

せめて力だけでもブレーキをかけようとするが、その心配は杞憂《きゆう》に終わった。

キンッと澄んだ金属音を響かせて、マゴットの槍はバルドの槍に弾かれていたのである。


「……うそだ」

掛け値なし、本気の一撃だった。

イグニスもラミリーズでさえも、あの一撃を避けられるはずはない。

これまでマゴットが不敗を誇ってきた全力全速の一撃が、明らかにバルドの意思で弾かれた。

偶然による産物ではない。

間違いなく目で見て、マゴットの動きについてきている。

その事実をマゴットは受け入れられずにいた。

不可能なのだ、そんなことは。

人間の稼働限界を超え、獣人族だけが持つ変生の力をさらに昇華《しょうか》した、王門があればこそ為し得る神速。

人間が努力で才を磨く生き物とはいえ、物理的な不可能を可能にするほどではない。

だからこそマゴットは幾多の戦場を生き抜き、敵をその槍のもとに屠《ほふ》り続けてきたのだから。

「うそだっ！」

もしかして自分は衰えたのか？

そんな疑心暗鬼に駆られながら、マゴットは次々と槍を繰り出す。

その音すら置き去りにした速度は、マゴットの予想をいささかも裏切るものではなかった。

二人を見守っているセイルーンも、もう二人の姿を視認できていない。

先ほどまではそれでも、気配や風を切る音でなんとなく方向を追っていたが、それすらできなくなっていた。

にもかかわらずバルドは微塵の躊躇もなく、マゴットの槍を正確に迎撃した。

確かにバルドの内にいる岡左内は尊敬すべき武人である。

異世界で編み出された術理も、見事というしかないとマゴットも認めている。

しかしそれは、人の領域を超えたものではなかったはずだ。

神の世界に足を踏み入れたマゴットの神速に反応することは不可能なはずだった。

こんなことがあってはならない。

今の自分が勝てない相手がいてはならないのだ。

焦《じ》れたマゴットは、槍を荒っぽく叩きつけるような力任せのスタイルに変える。

全身鎧の騎士でも軽々と吹き飛ばす尋常ではない膂力で、上下左右と振り回されるそれを、バルドはかろうじて受けきった。

明らかに術理などではなく、力そのものがマゴットと拮抗している証である。

「――なぜだ？」

「……その領域に達した母さんに追いつくのに、答えはたったひとつ。あなたと同じものになることです」

そのどこまでも平坦な口調と、それとは裏腹に哀しみを湛《たた》えた瞳。

「同じ……もの？」

それが何を意味するのかマゴットにはわかっていた。

しかし絶対に認められなかった。

なぜならそれは、血を分けた実の息子に、自分がどんなモノであるかばれたということにほかならないからだ。

「――私と同じものなどいない！」

それを認めてしまったら、自分が招き寄せた不幸がバルドにも向かってしまう。

幼いナイジェルとマルグリットのためにも、マゴットは最強にして孤高であらねばならなかった。

なんとしてもバルドを叩きつぶす。

マゴットは神速の槍に加え、傭兵時代に培《つちか》った体術を出し惜しみなく使用した。

勝つことに特化した傭兵の体術は、目つぶし、金的なんでもありの、およそ息子に向けるようなものではない。

それでもあえてマゴットは使った。

心の奥では、バルドが手加減して勝てるような相手ではないと気づき始めたのである。

もっともそれを素直に認めるつもりはなかった。

槍を繰り出す死角からの蹴り、あるいは視線でフェイントを入れての投擲《とうてき》、とマゴットの猛攻に
バルドは為す術《すべ》がないかに思われた。

少しずつバルドの身体に傷が増え始める。

それでも粘られていることに変わりはないが、マゴットはようやく自信を取り戻しつつあった。

やはりバルドとマゴットの間には越え難い実力の壁がある。

本来、バルドがこうして戦えていること自体が、あるひとつの事実を指し示しているのだが、勝
ちさえすれば自分の心をごまかすことができるのだ。

マゴットは悪鬼の形相《ぎょうそう》で息子を傷つけることに熱中した。


――マゴットの声が、まるで悲鳴のようにバルドには聞こえていた。

歩く天災のような母だった。

いかなる努力、いかなる才能をも寄せつけぬ、理不尽極まりない圧倒的な暴力。

倒すことはおろか、ただ立ち向かうことにすら無謀な勇気を必要とする超えることのできない

壁――いつでもマゴットの背中はバルドの先にあった。

あの領域にいつか追いつきたいと願っていた。

しかし今、こうして追いついてみれば何の達成感も湧かない自分がいる。

むしろ、この領域にただ一人で居続けたマゴットが哀しく、ここまで強くあらねばならなかった理由がつらかった。

ほんのわずかに気を緩めた隙をマゴットは見逃さない。

顔面に綺麗に回し蹴りを食らって、バルドは独楽のように回転しながら吹き飛ばされる。

「少しは腕を上げたようだが、まだまだ私には及ばないね」

そうだ、バルドが自分を超えることなどありえない。

自分にそう言い聞かせるように、マゴットは傲然《ごうぜん》と胸を張った。

「――いいえ、負けるのは母さん、あなたです」

「私は負けない！」

すでに満身創痍の息子に怯えるようにマゴットは叫んだ。

私が負ける？

そんなことは想像すらしなかった。

負けることを恐れるより、ひたすら勝ち続けるしか生きる道がなかった。

それなのにどうして今になって、こんなにも負けることへの恐怖がよぎるのか。

「……ジーナさんから母さんに伝言があります」

その一言はマゴットに天が落ちてくるような衝撃を与えた。

これまで必死に自分を騙してまで守り続けてきた何かが、硝子《ガラス》のように割れる音をマゴットは聞いた気がした。

「お前……ジーナに会ったのかい？」

「あの人以外、誰が僕の王門を解放してくれるというんです？」

そうであって欲しくはないと思っていたが、やはりバルドがここまで拮抗して戦えたのは王門が解放されたからであったのか。

「あの腐れ婆ぁめ……！」

余計なことをしてくれる。やはりあのとき、どんな手を使ってでも殺しておくべきだった！

悔恨《かいこん》にマゴットは唇を噛みしめた。

潤いに満ちた唇の皮膚が破れ、一筋の血が顎に伝うほどである。

バルドがジーナから王門の解放を受けたということは、自らの過去を知られたはず。

少なくとも、獣人の血が流れていることをバルドが承知していることは疑いない。

なぜなら王門の解放は、獣神の洗礼を受けなければ許されぬ、獣人族の秘儀であるのだから。

そんなマゴットをバルドは静かに見つめた。

母がどんなにつらい葛藤をしているか、今となってはバルドが一番よく知っていた。

「それと――お前はどうしても自分を許せないようだから、息子に許してもらいなさい、と」

その言葉を聞いてマゴットは狂したように甲高く嗤った。

「許す？　許すだって？　お前に許しを口にする資格などあるものか、ジーナ！」

お前も！　お前も元凶の一人じゃないか！

私と同じ、家族に不幸をもたらす凶星《きょうせい》のもとに生まれた女じゃないか！

お前が旅になんか出なければ、誰も死なずに済んだはずじゃないか！

どの面を下げて今さら許すだなどと！

まるで目の前のバルドがジーナであるかのように、マゴットは凶暴に槍を振るう。

ただ耐えるバルドの肩から、腕から血しぶきが上がった。

次第に怪我は皮膚だけでなく、筋組織にまで達しようとしていた。

それでも、バルドの眼光は衰えずマゴットを見据えている。

いや、すでにバルドは自分が勝利することを確信していた。

「だから僕は、あなたを倒します。それが僕にとっての資格の証明だから」

「ふざけるな！　私を負かす人間などいるものか！」

「……これまではいなかった。これから僕がなります」

太く息を吐き出して、バルドは戦いの最後となるべき呪言を唱えた。

「……オーバーブースト」

身体強化、王門の解放、さらにそれを加速させる三つめのブースト。

王門の解放なしに、ジーナに一瞬でも肩を並べたバルドの切り札が、王門の解放後ではどうなるか。

刹那の瞬間、マゴットは神速すら上回る限界を超えた光景を見た。

時間にすればほんの零コンマ数秒のこと。

しかしそれは、マゴットの戦闘能力を奪うには十分すぎる時間であった。

一方的に突かれ、打たれ、数十にも及ぶ打撲をその身体に刻印して、マゴットはゆっくりと仰向けに倒れ込んだ。

セイルーンにしてみれば、消えていた二人がいきなり現れたかと思えば、全身傷だらけでマゴットが倒れていた。

「お義母様！」

走り寄ろうとするセイルーンをマゴットは一喝した。

「来るな！　私は負けちゃいない！」

ガクガクと膝を揺らして、幽鬼《ゆうき》のようにマゴットは立ち上がる。

すでに槍を振るう力もないが、ただ気力だけでも、マゴットは戦うことを諦めてはいなかった。

「私は負けられないんだ！　今度こそ守らなきゃいけないんだ！」

鬼気迫る形相でうわ言のように、負けれらないと繰り返すマゴットを、バルドは優しく抱きしめた。

思っていたよりもずっと細く柔らかな身体だった。

「もう一人で全部背負わなくていい。これからは僕が一緒に守ります」

「私……私は……」

「僕は他の誰でもない、あなたの息子なんです。家族が家族を守らなくてどうするんですか？」

たとえその身にどんな血が流れていようとも。

バルドはどこまでもいつまでも、誇り高いマゴットの息子である。

「うわあああああああああっ！」

長く一人で耐えてきたものを破壊され、マゴットはバルドの胸にすがりついて号泣した。

誰も辿りつかなかった武の高みに、ついに並び立ったほかならぬ息子の手によって、マゴットの孤独の呪縛《じゅばく》は解放されたのだ。

――そしてこの日、バルド・アントリム・コルネリアスの少年期は、終わりを告げたのである。

レイン
吉《よし》野《の》匠《たくみ》
Illustration：MID
シリーズ120万部突破！
人気爆発!! 剣と魔法の
最強戦士ファンタジー！
レイン
雨の日に生まれた戦士
吉野匠
人気爆発!!
剣と魔法の
最強戦士
ファンタジー
戦士と王女は
出会い、
そして
歴史が
動く
アルファポリス
単行本
本編13巻
＋外伝
好評発売中！
各定価：
本体1100円＋税
吉野匠
雨の日に生まれた戦士
シリーズ115万部突破！
剣と魔法の最強戦士ファンタジー！
アルファライト文庫
ALPHAPOLIS
ライト
1〜10巻
＋外伝
待望の文庫化！
各定価：
本体610円＋税
Illustration：MID（1〜2巻）風間雷太（3巻〜）

アルゲート・オンライン
Argate Online
～侍が参る異世界道中～
1～3
累計
6万部突破！
touno tsumugu
桐野 紡
チート侍、
異世界を遊び尽くす！
異色のサムライ
転生ファンタジー開幕！
ある日、平凡な高校生・稜威《いづ》高志《たかし》が目を覚ますと、VRMMO『アルゲートオンライン』の世界に、「侍」として転生していた。現代日本での退屈な生活に未練がない彼は、ゲームの知識を活かして異世界を遊び尽くそうと心に誓う。名刀で無双し、未知の魔法も開発！　果ては特許ビジネスで億万長者に―― !?　チート侍、今日も異世界ライフを満喫中！
各定価：本体 1200 円＋税　illustration：Genyaky

異《い》世《せ》界《かい》転《てん》生《せい》騒《そう》動《どう》記《き》6

2015年11月2日初版発行

著者：高見梁川（たかみ りょうせん）

福島県在住。漫画の執筆経験もある根っからの創作家《クリエーター》。歴史とファンタジーをこよなく愛する。2008年からウェブ上で小説の連載を開始し、2013年『異世界転生騒動記』でアルファポリス「第6回ファンタジー小説大賞」大賞を受賞。翌年、同作にて出版デビューを果たす。

イラスト：りりんら

http://www.ririnra.com/

本書は、「小説家になろう」（http://syosetu.com/）に掲載されていたものを、改稿のうえ書籍化したものです。

編集－宮本剛・太田鉄平
編集長－塙綾子
発行者－梶本雄介
発行所－株式会社アルファポリス
〒150-6005東京都渋谷区恵比寿4-20-3恵比寿ガーデンプレイスタワー5F
TEL 03-6277-1601（営業）03-6277-1602（編集）
URL http://www.alphapolis.co.jp/
発売元－株式会社星雲社
〒112-0012東京都文京区大塚3-21-10
TEL 03-3947-1021
地図イラスト－サワダサワコ
装丁・中面デザイン－ansyyqdesign
印刷－大日本印刷株式会社
価格はカバーに表示されてあります。
落丁乱丁の場合はアルファポリスまでご連絡ください。
送料は小社負担でお取り替えします。

2015.Printed in Japan
ISBN978-4-434-21241-3 C0093